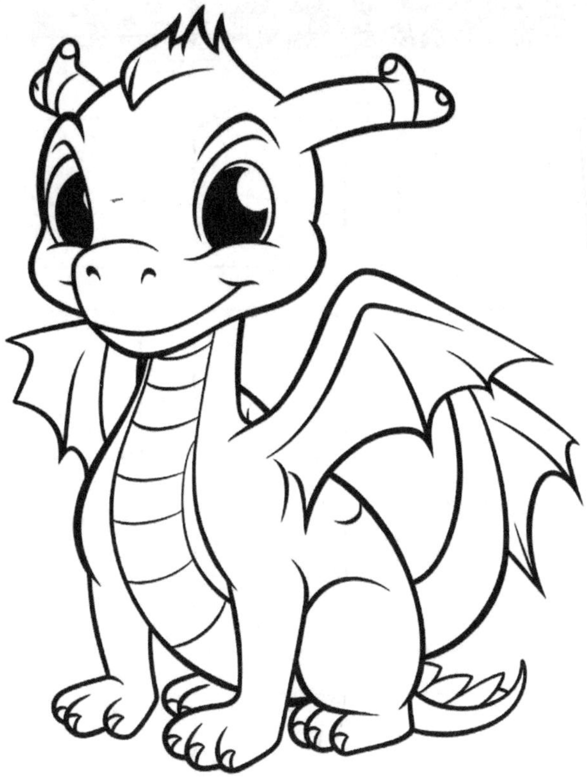

DIESES MALBUCH GEHÖRT ZU

FARBTESTSEITE

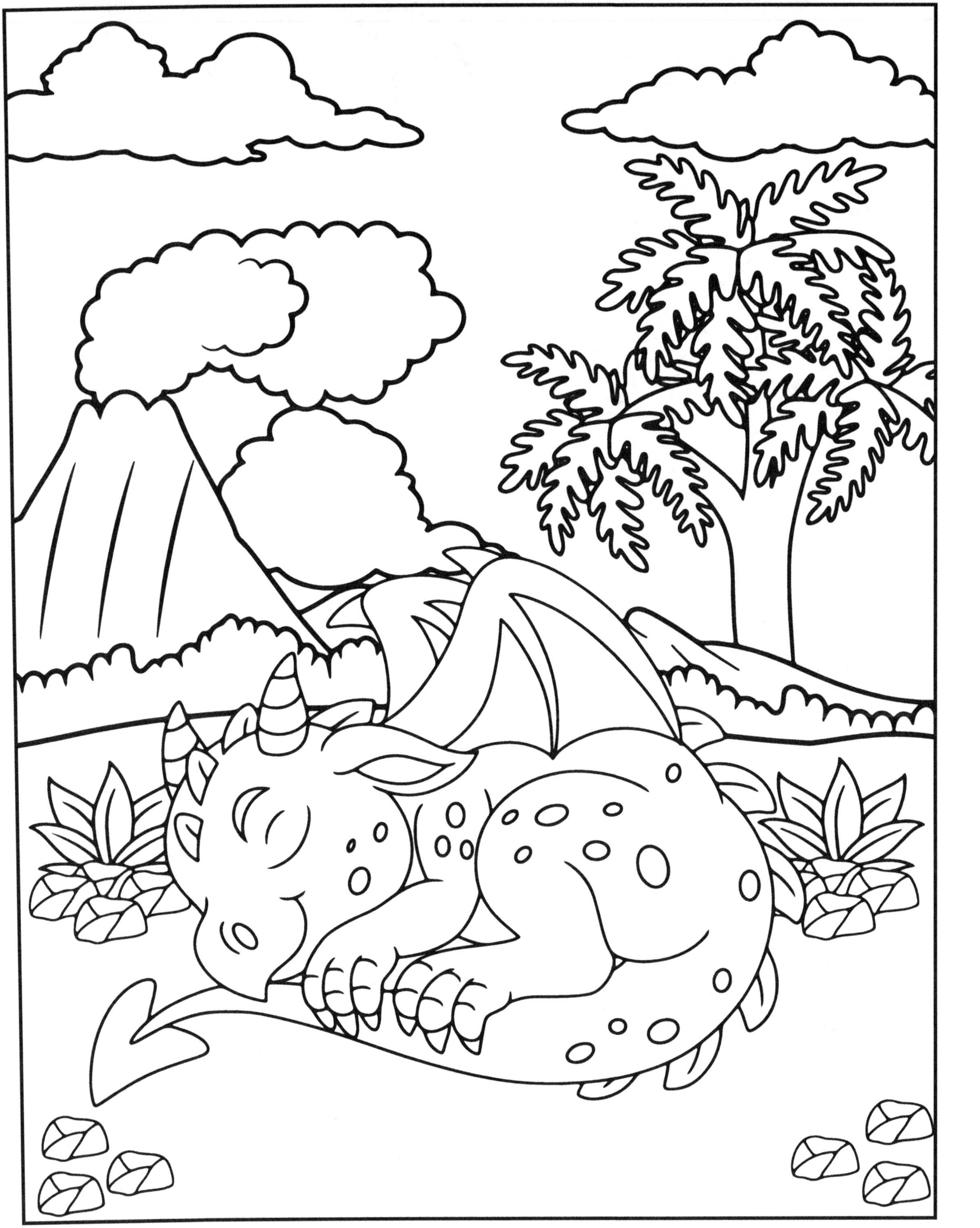

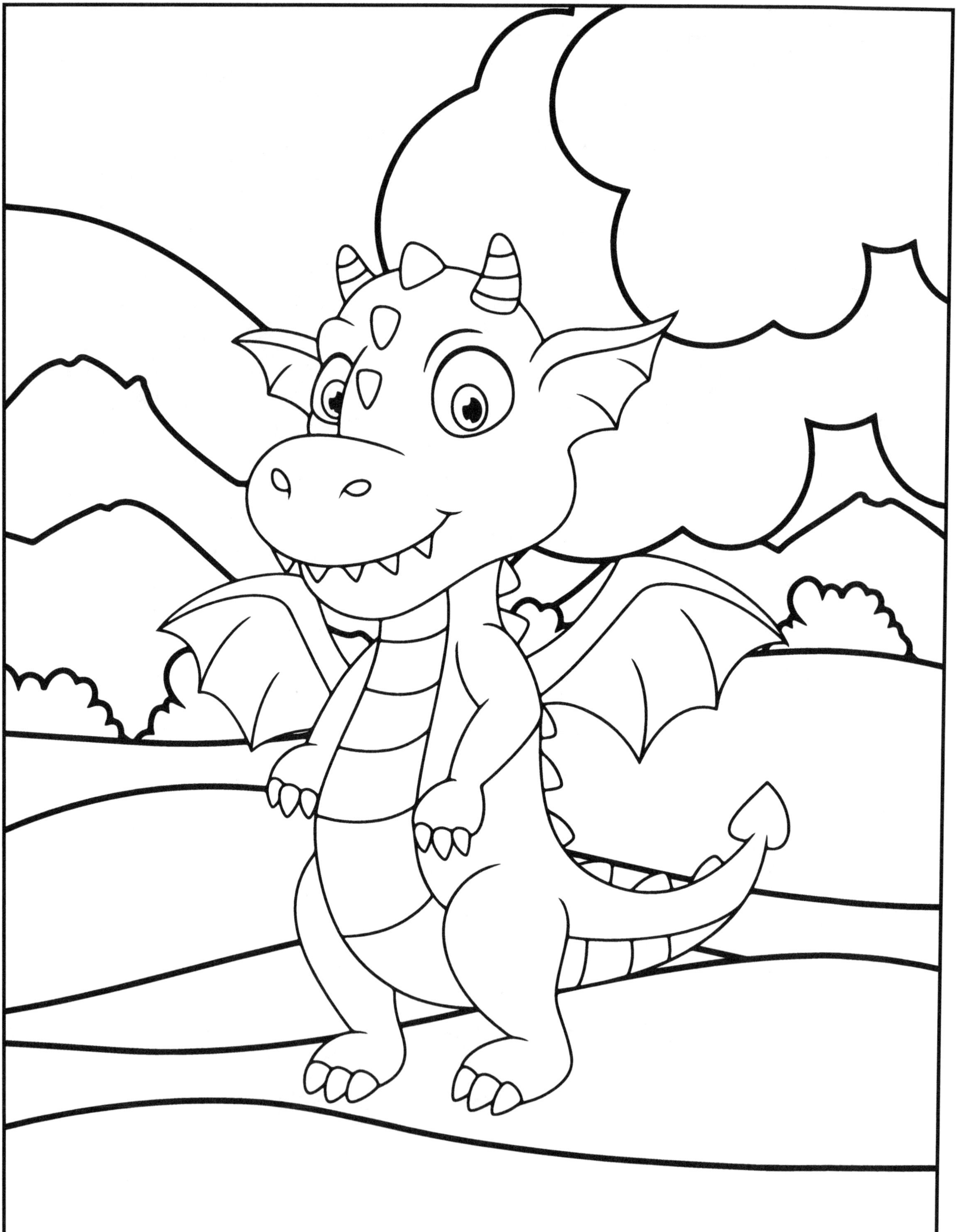

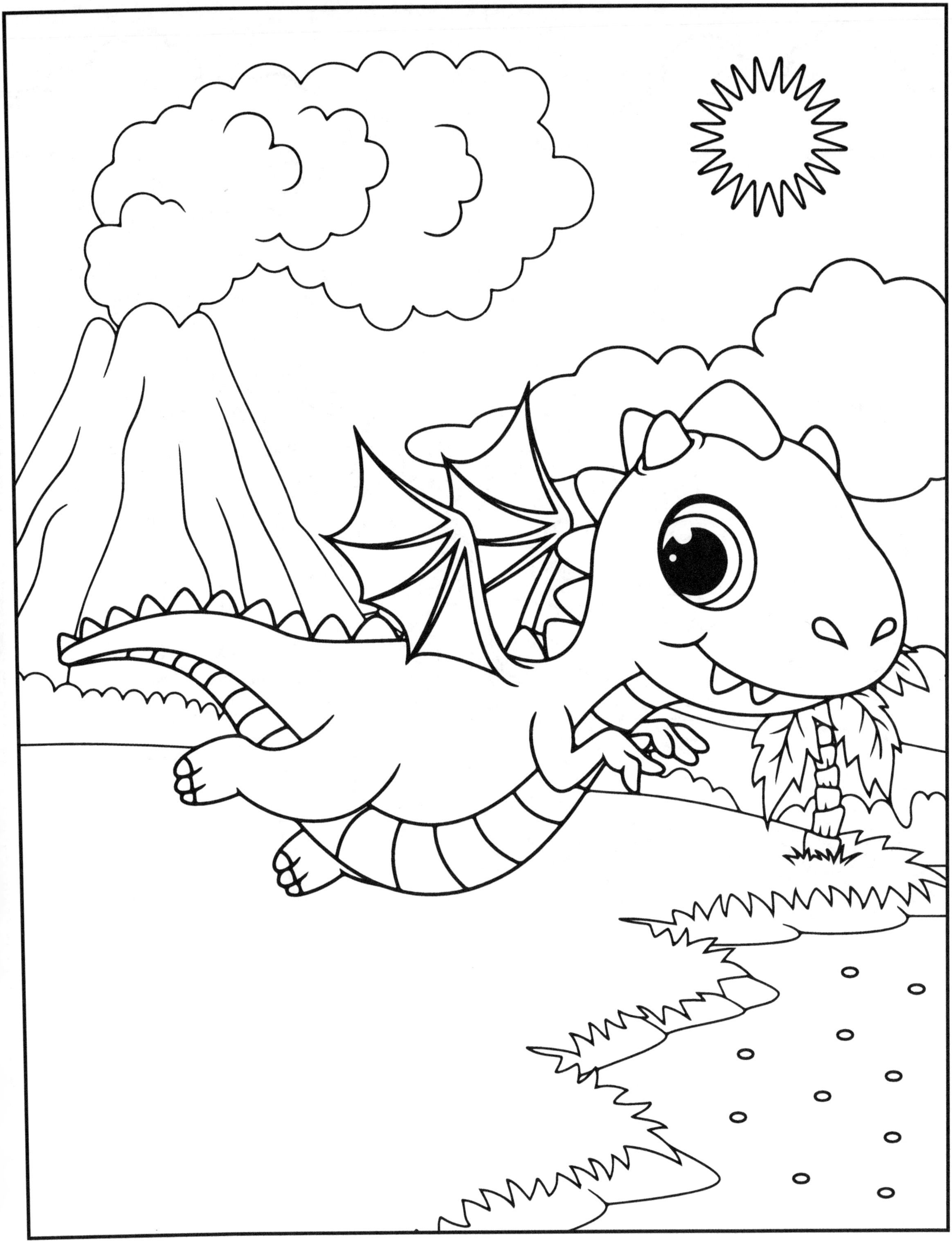

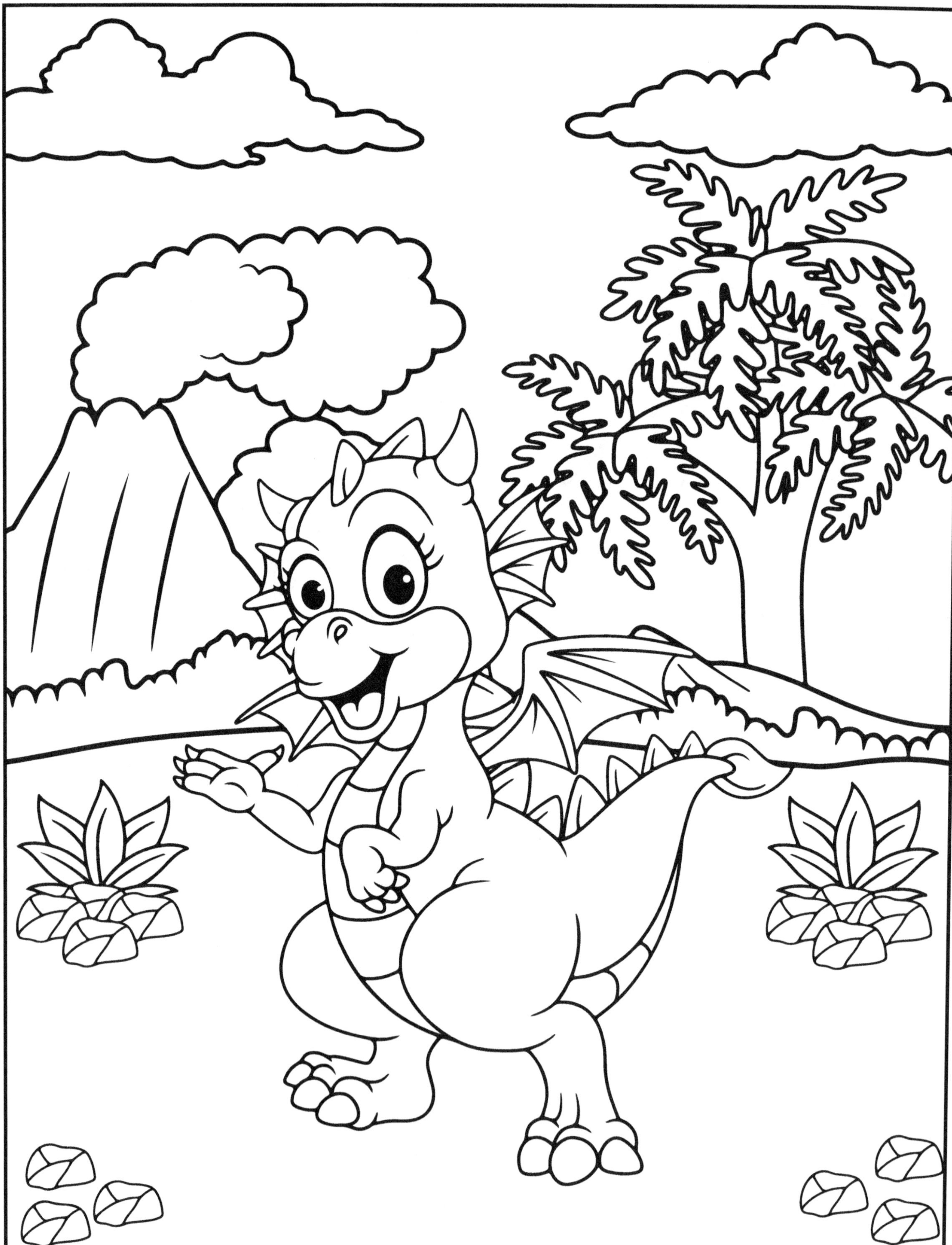

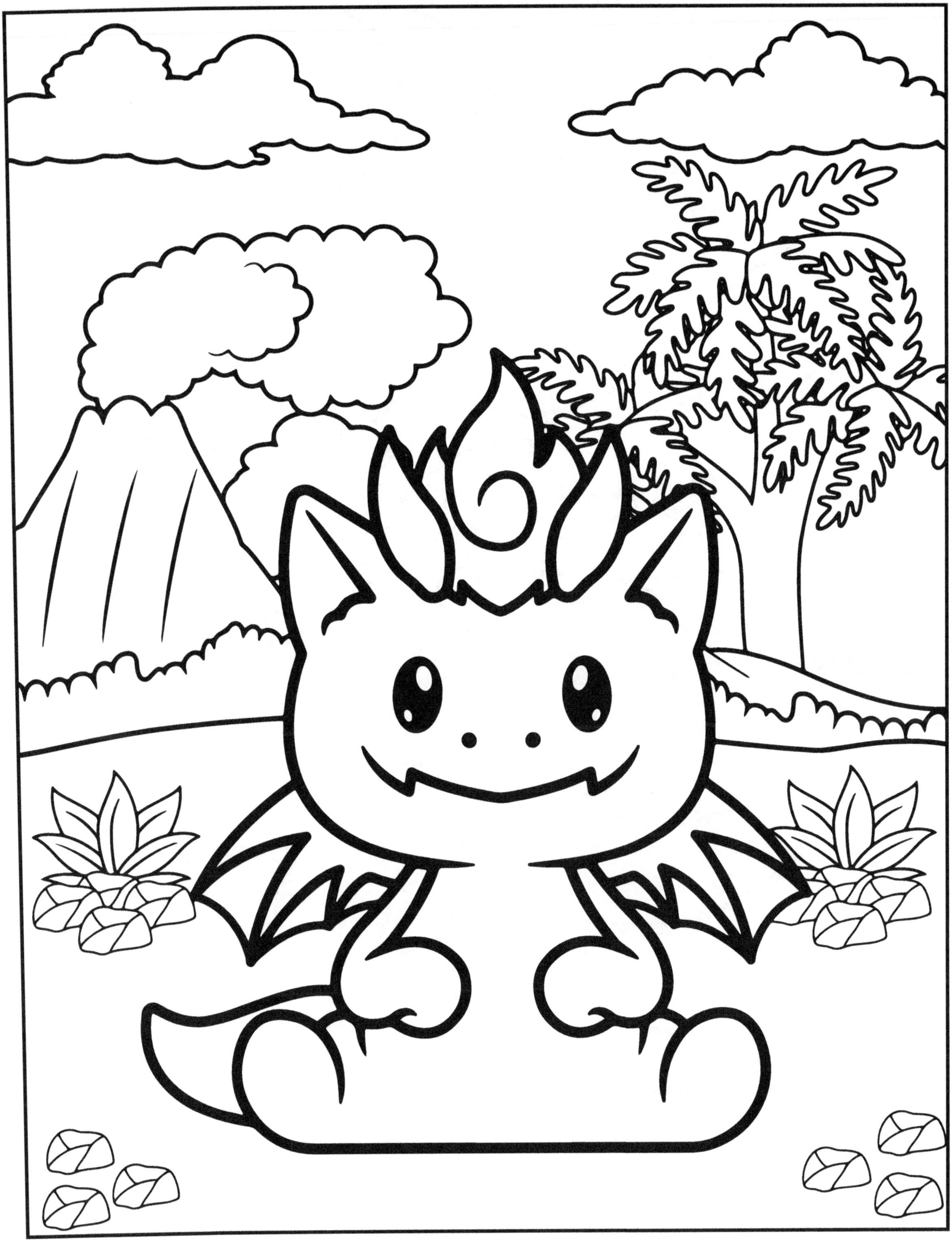

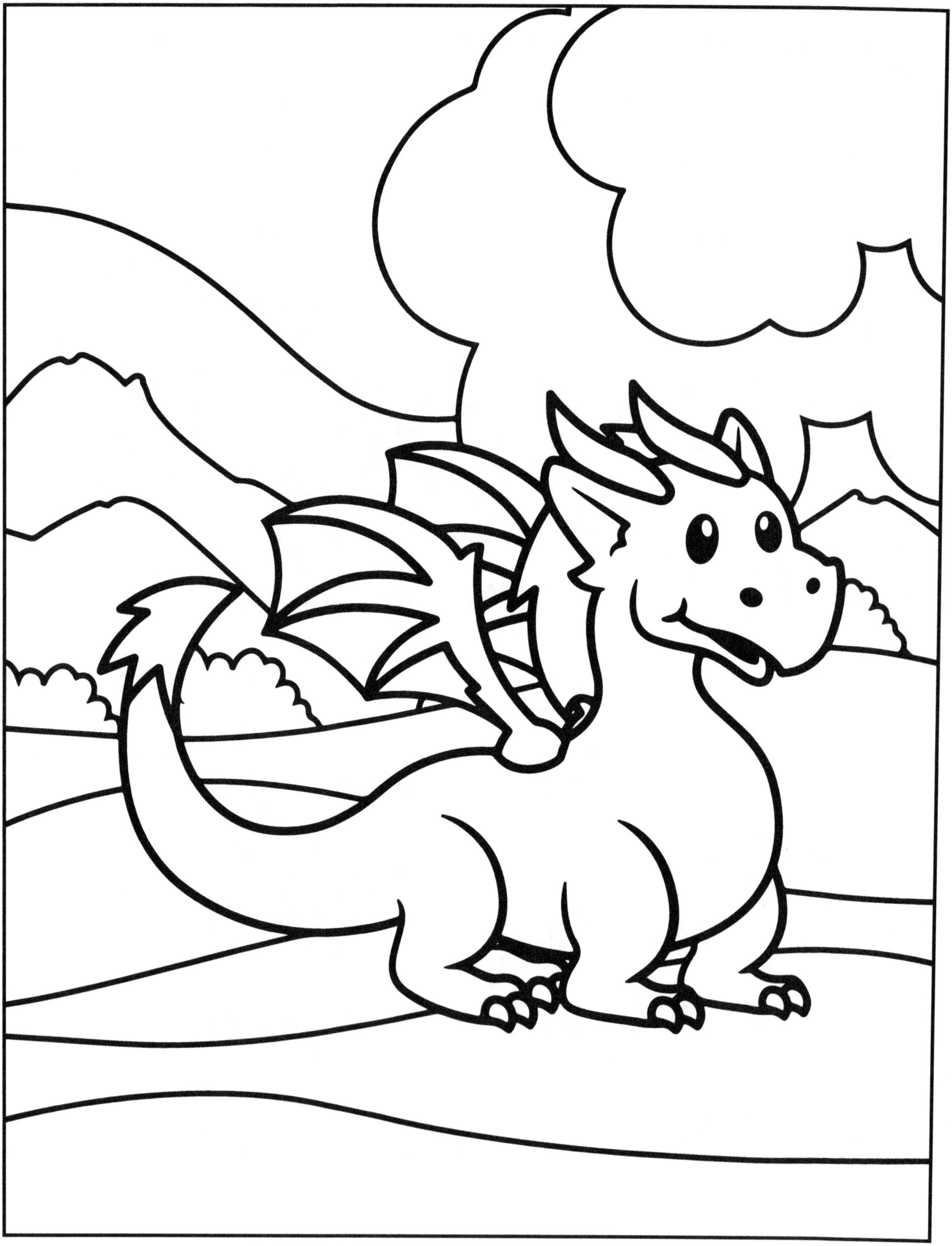

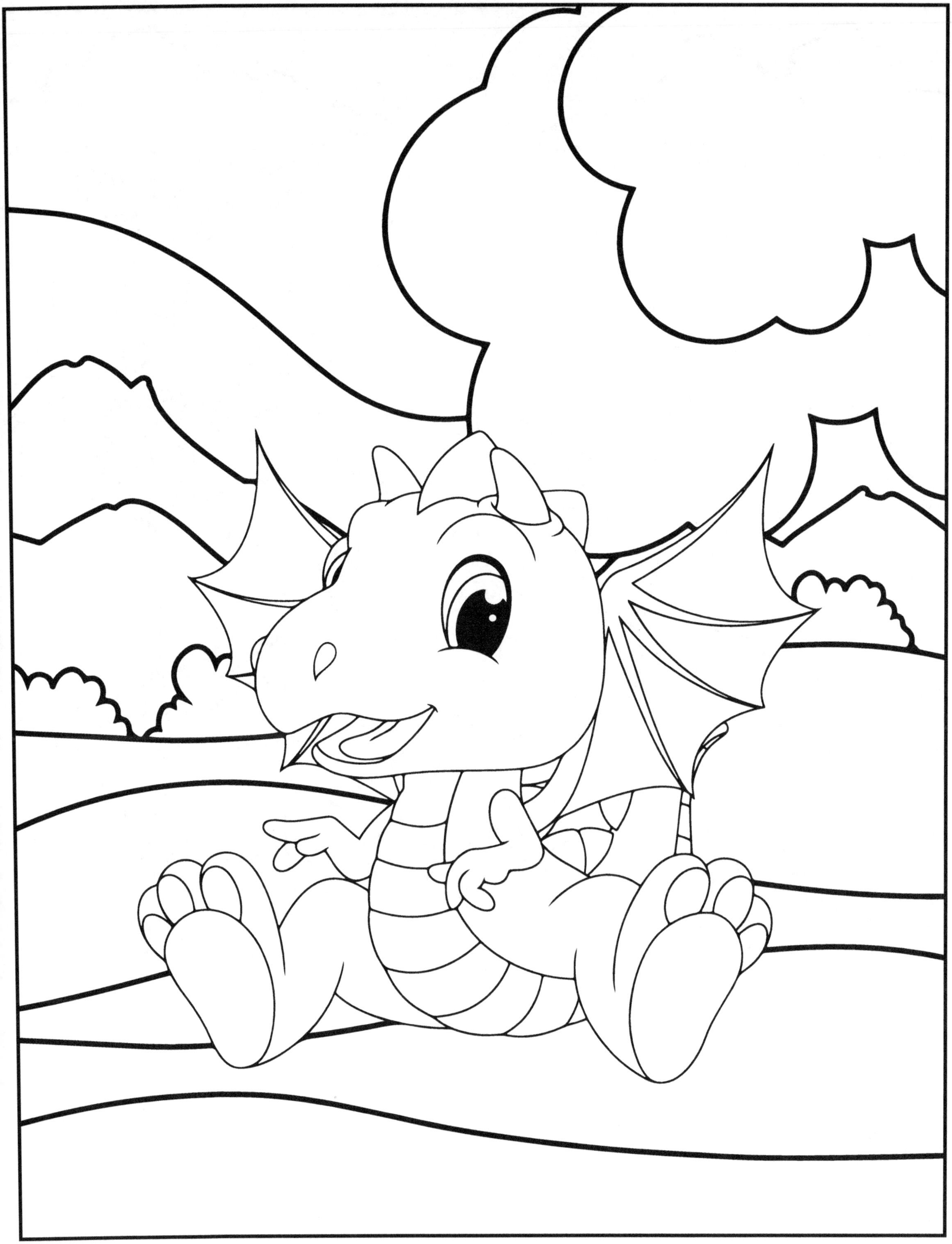

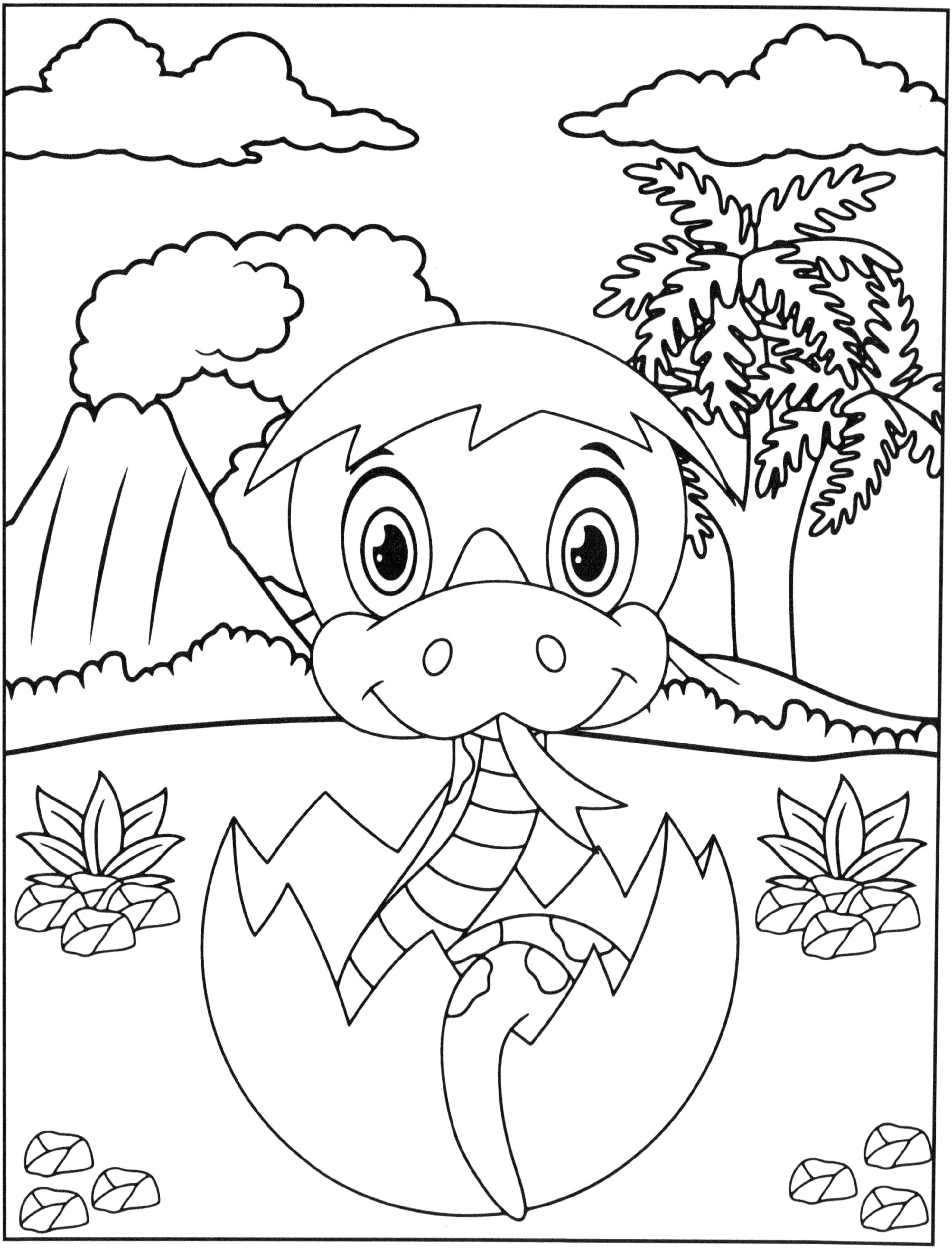

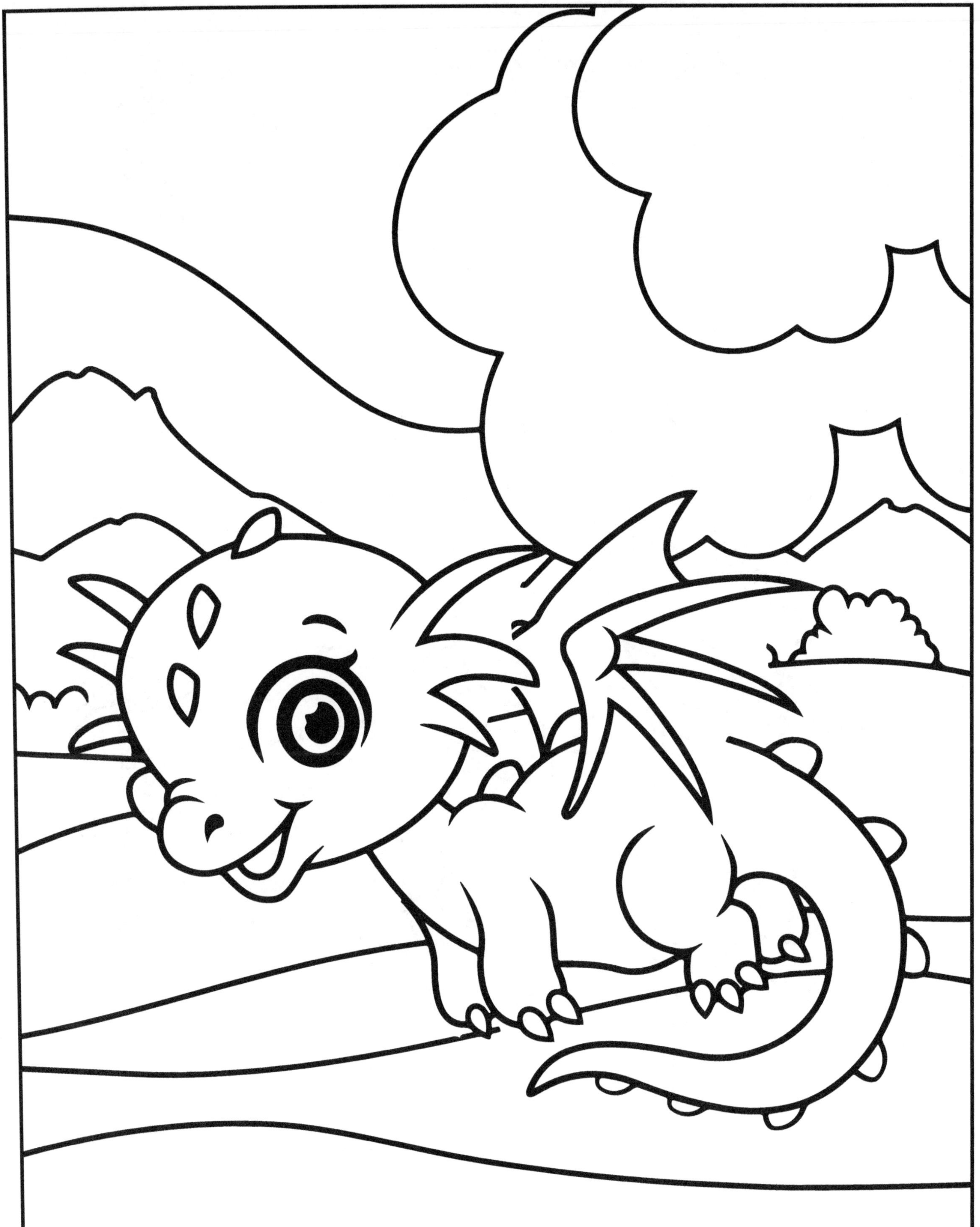

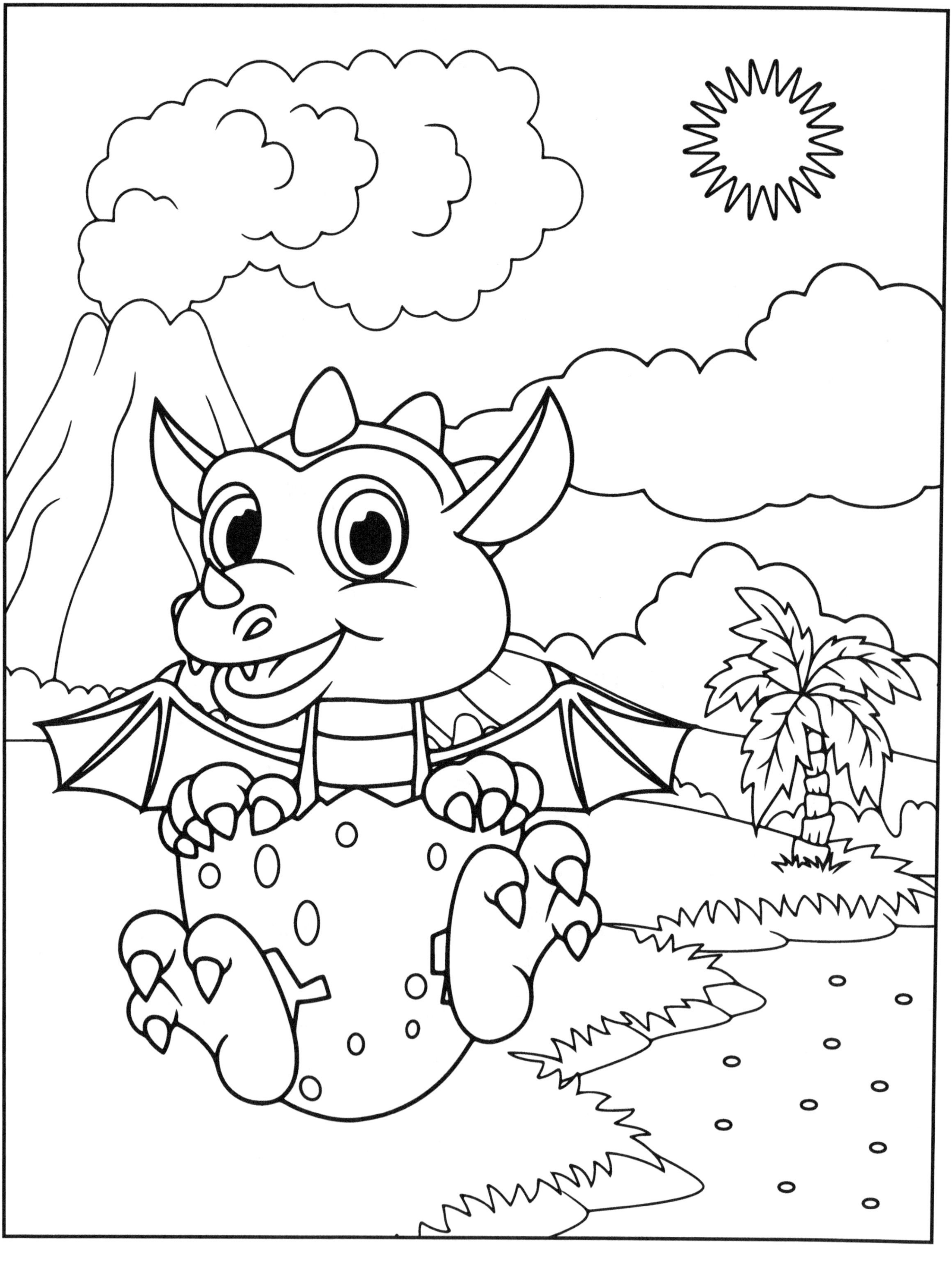

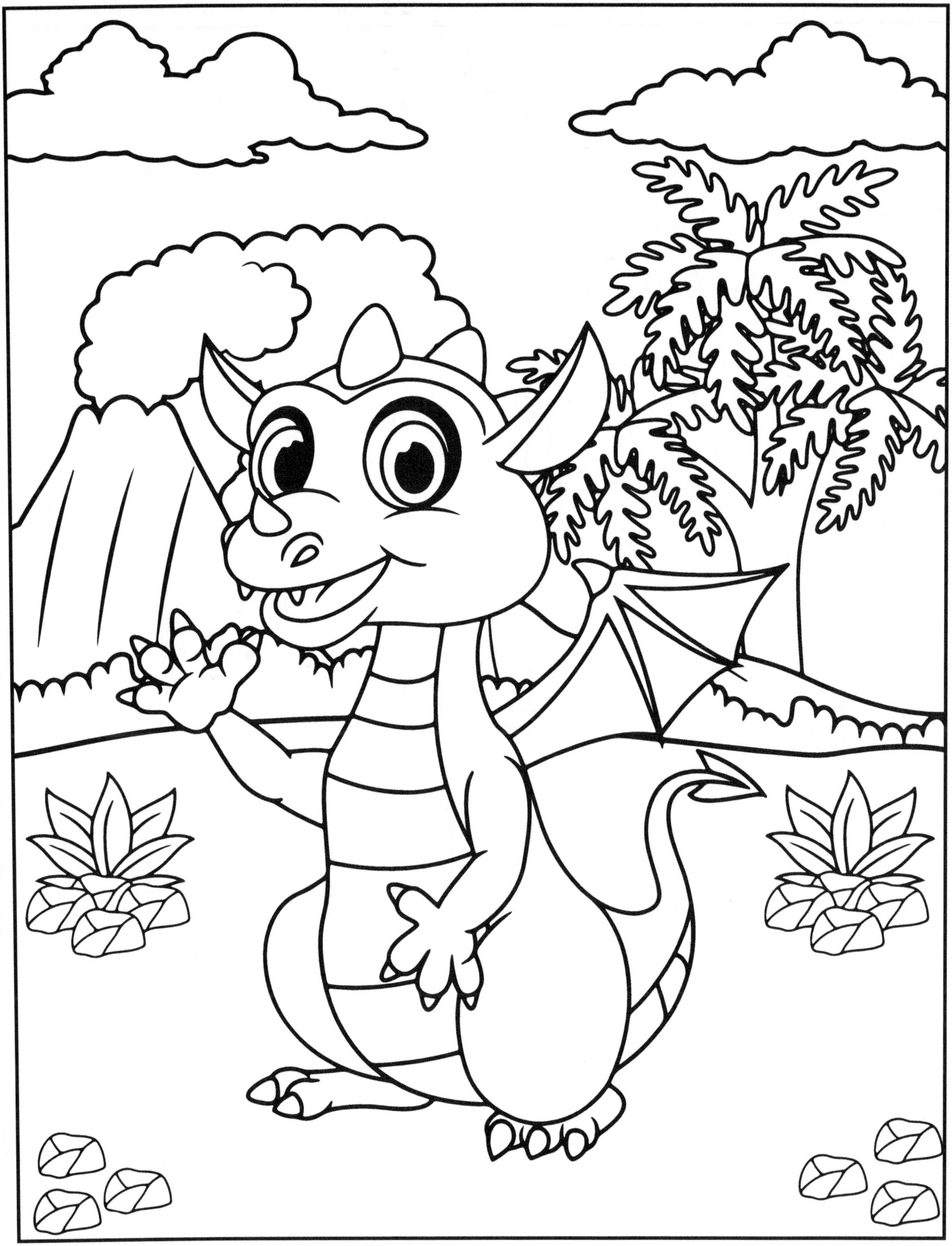

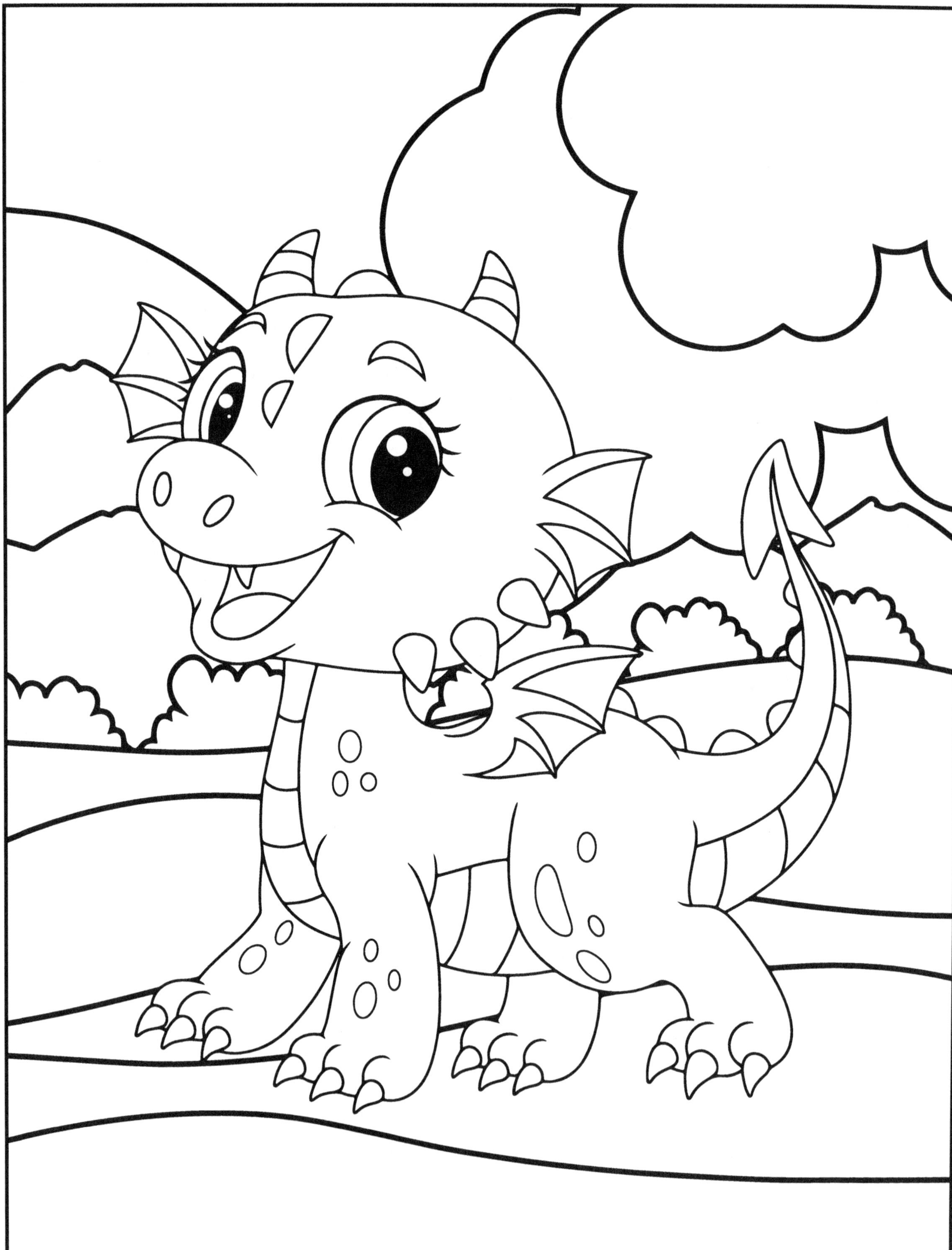

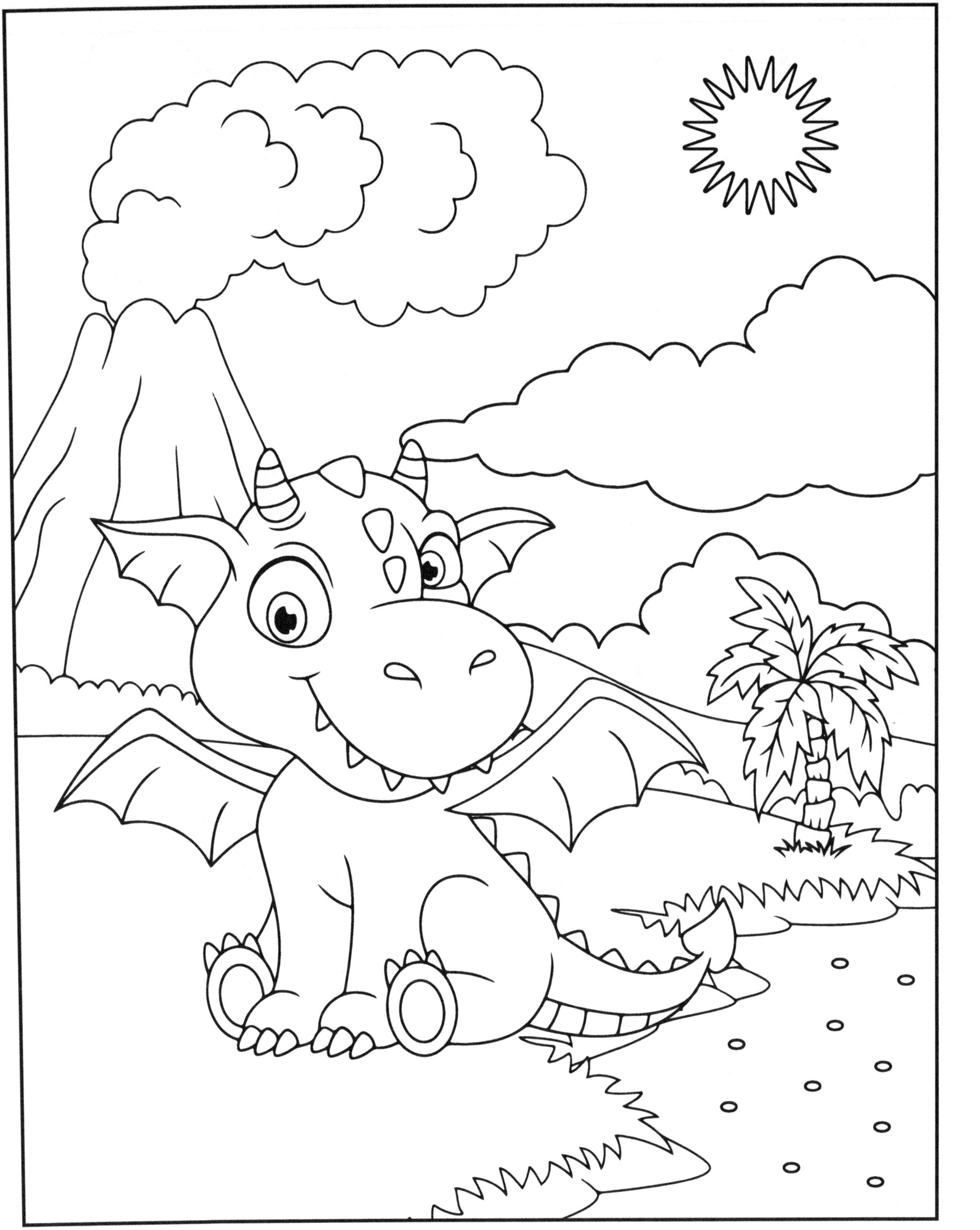

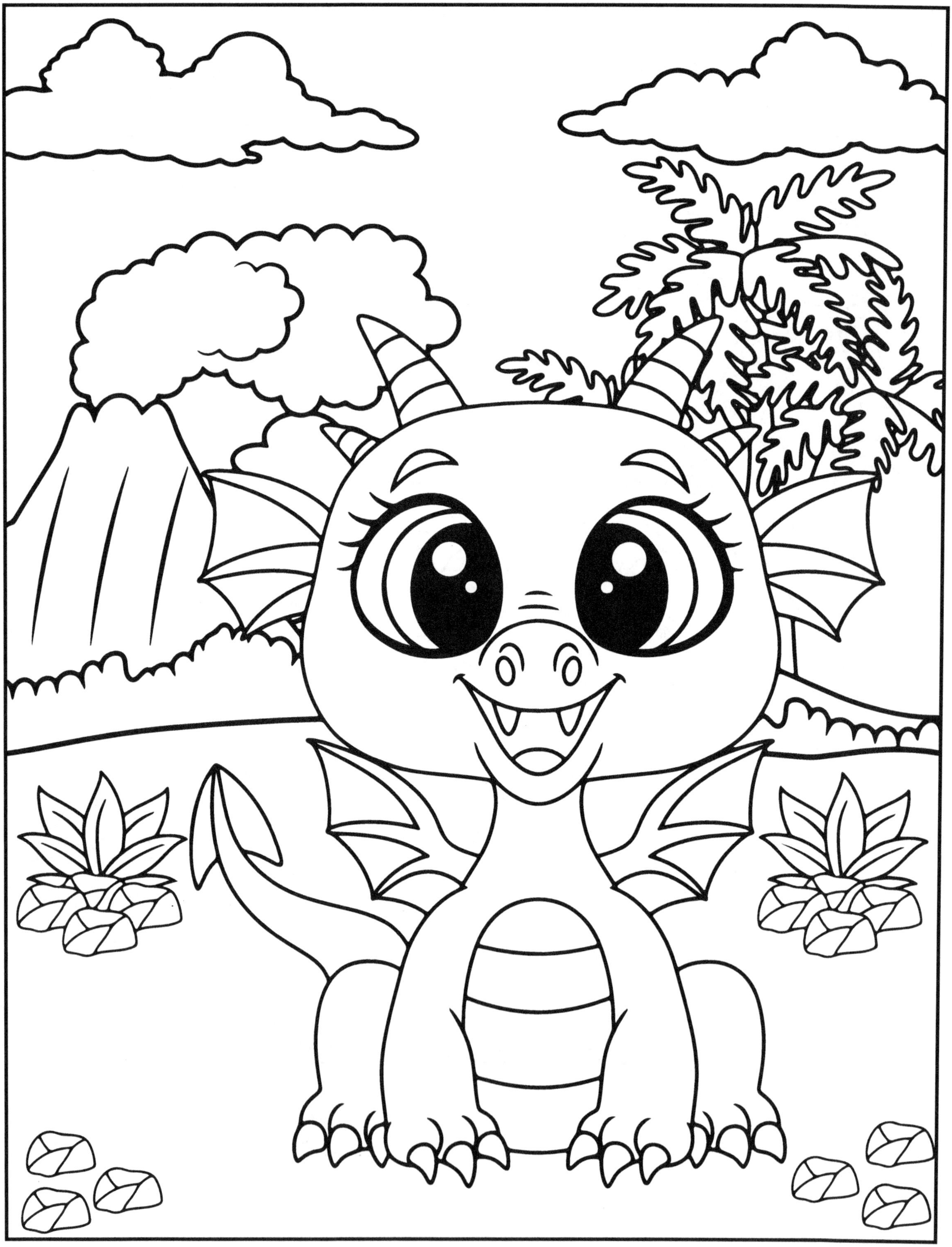

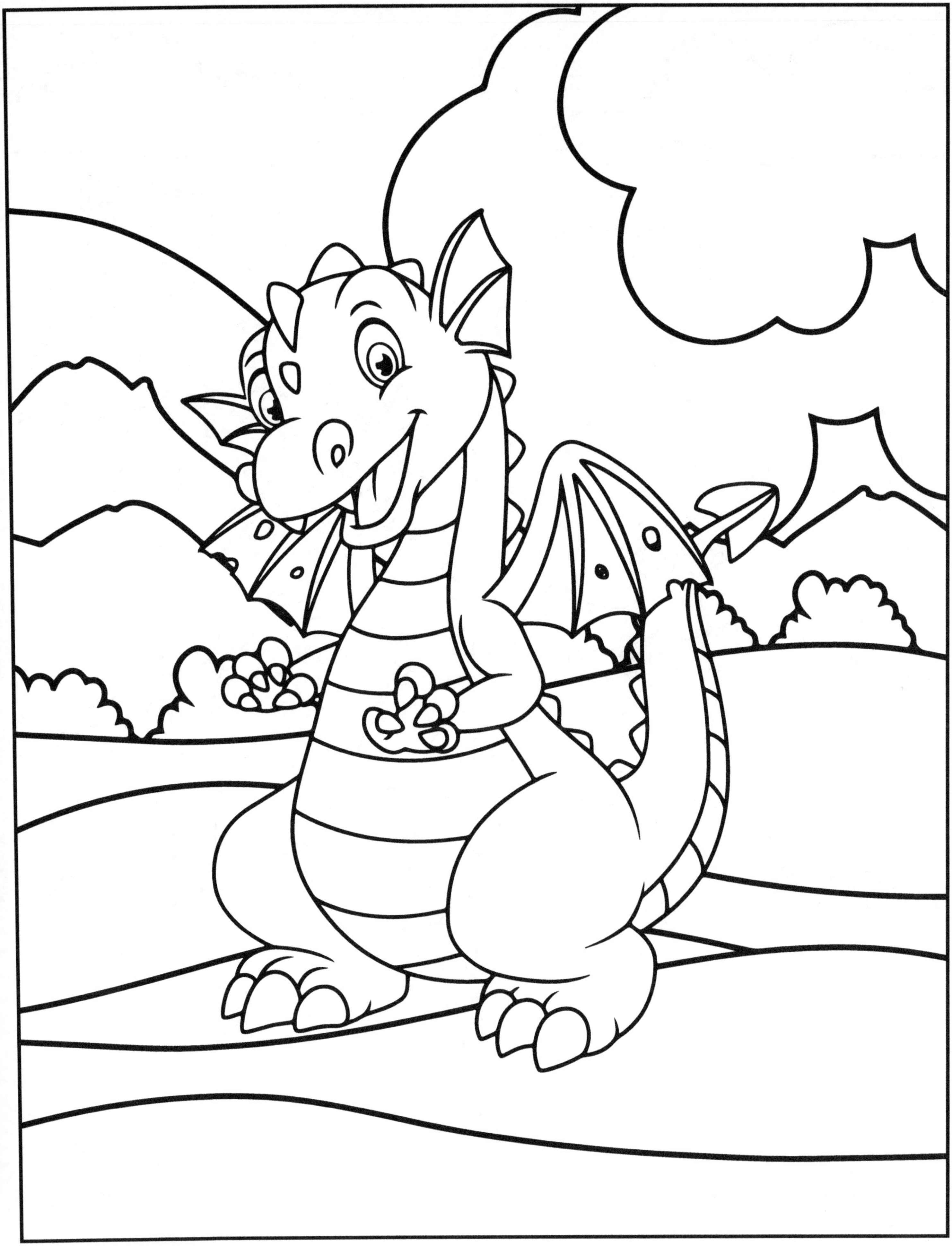

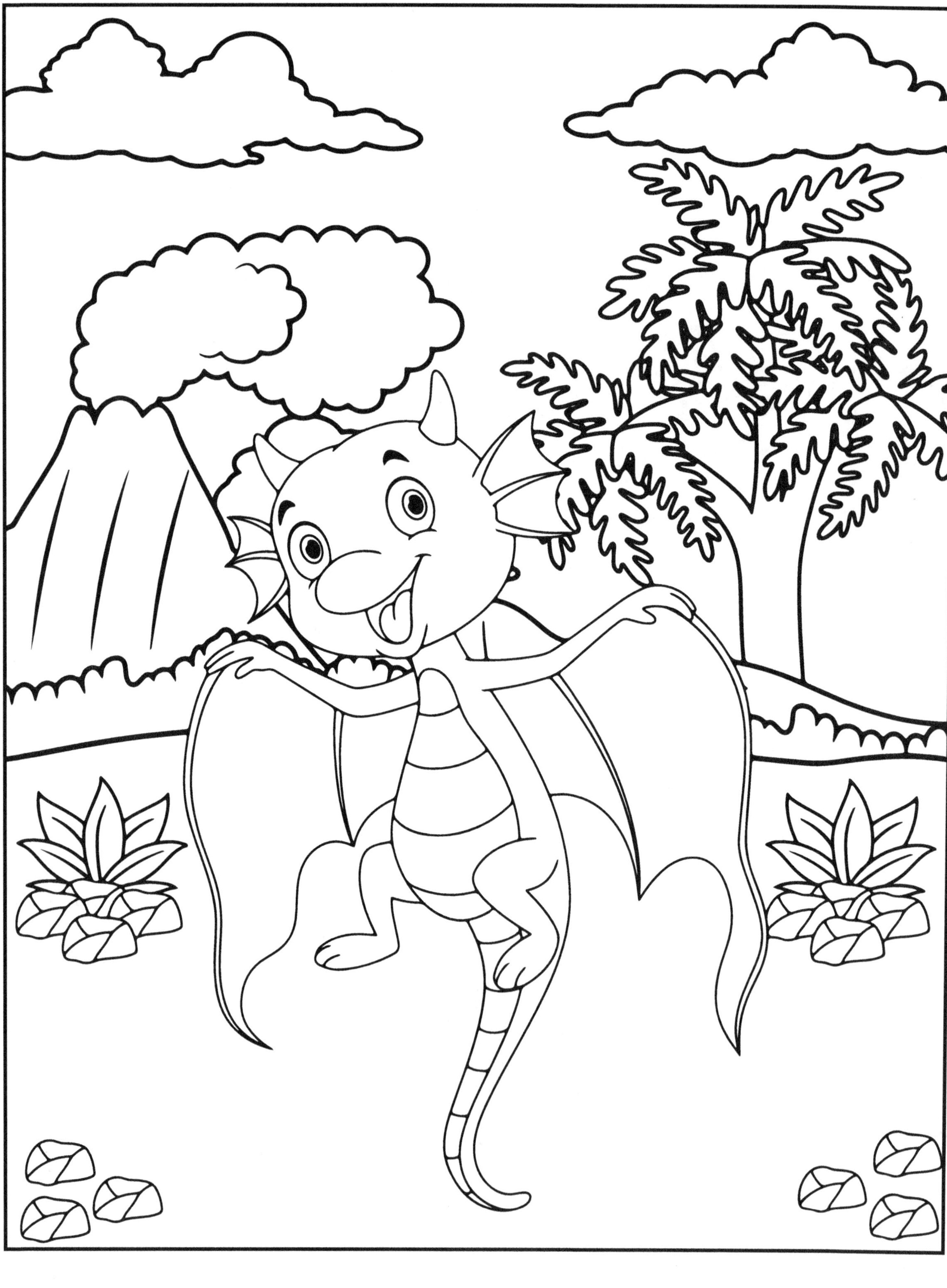

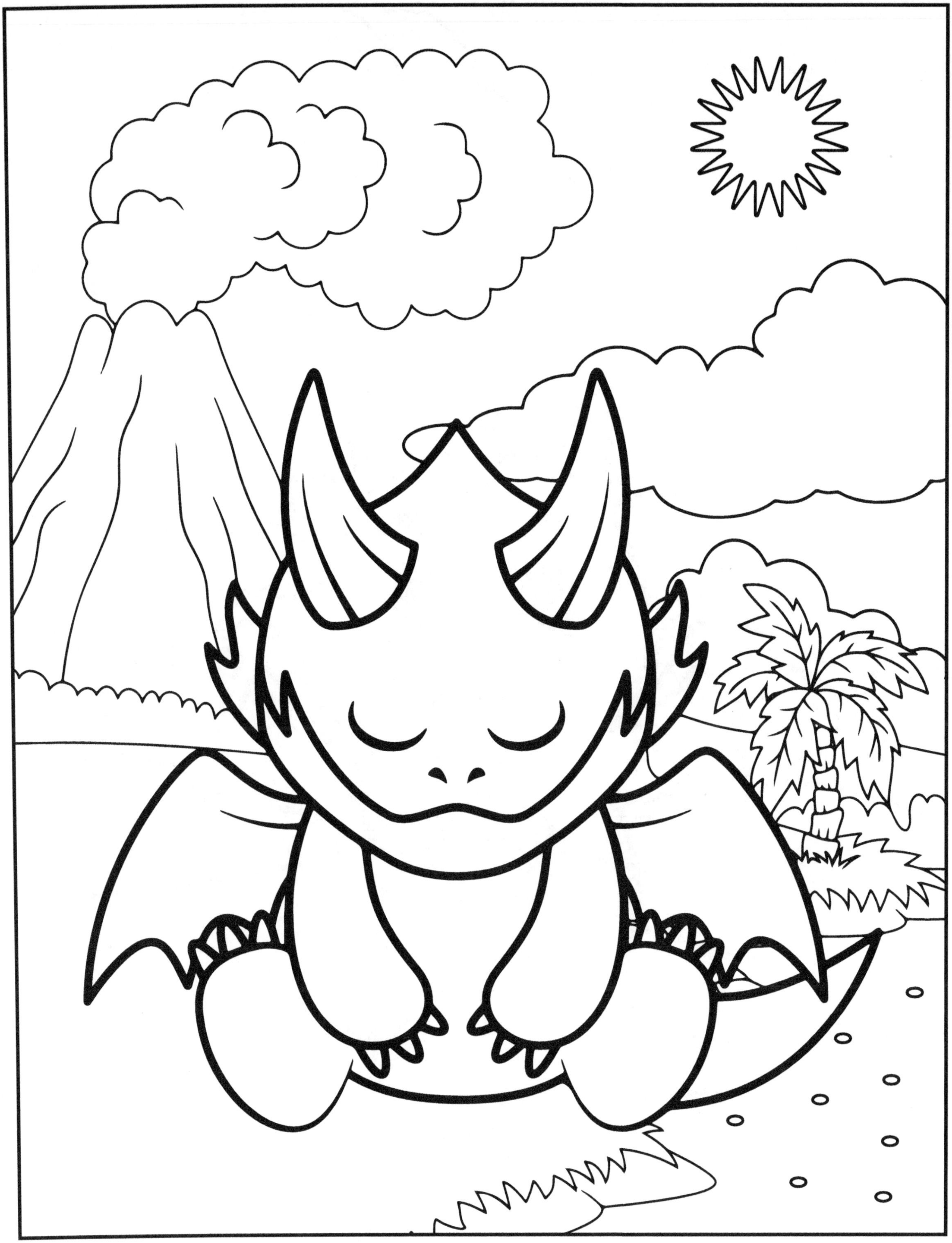

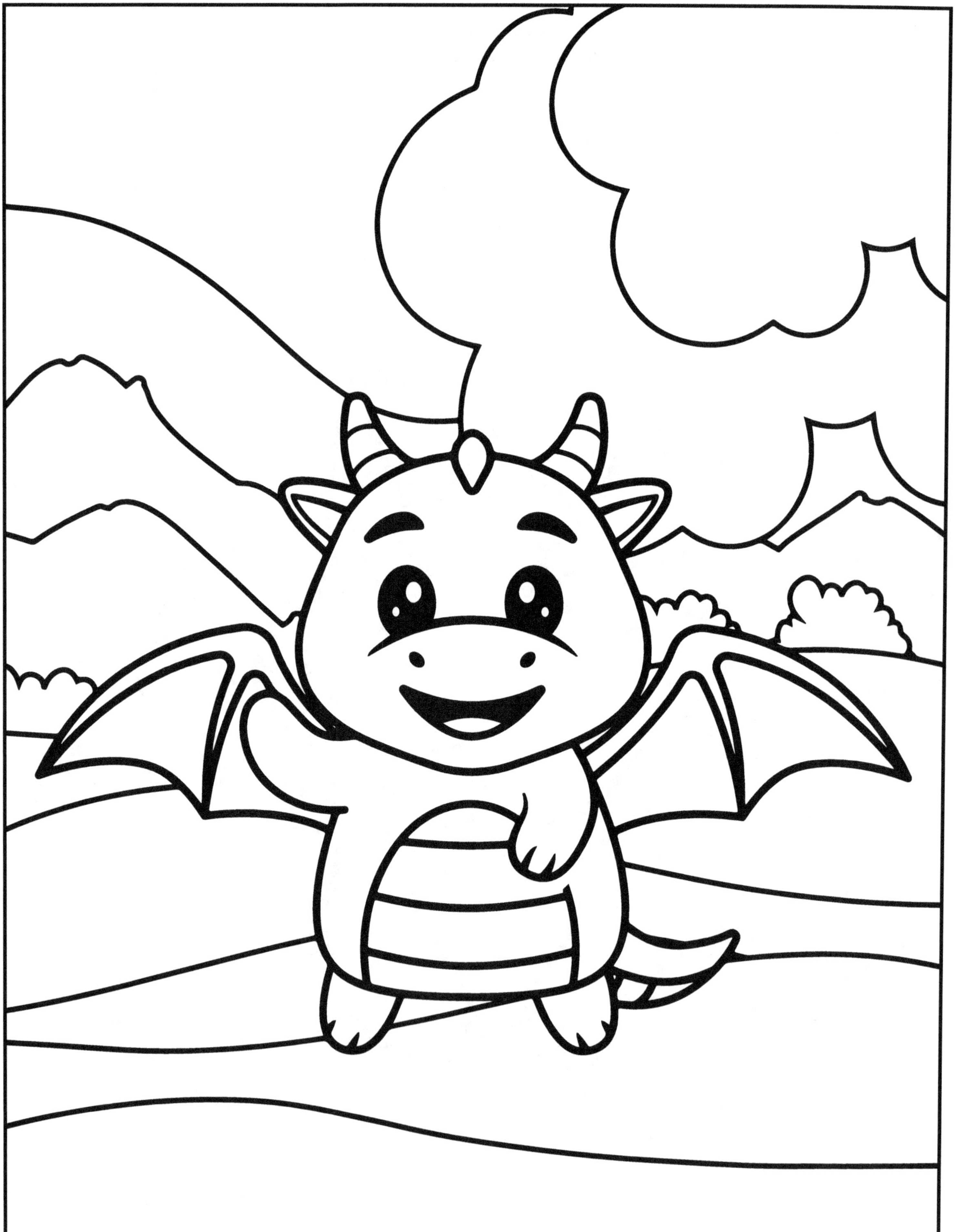

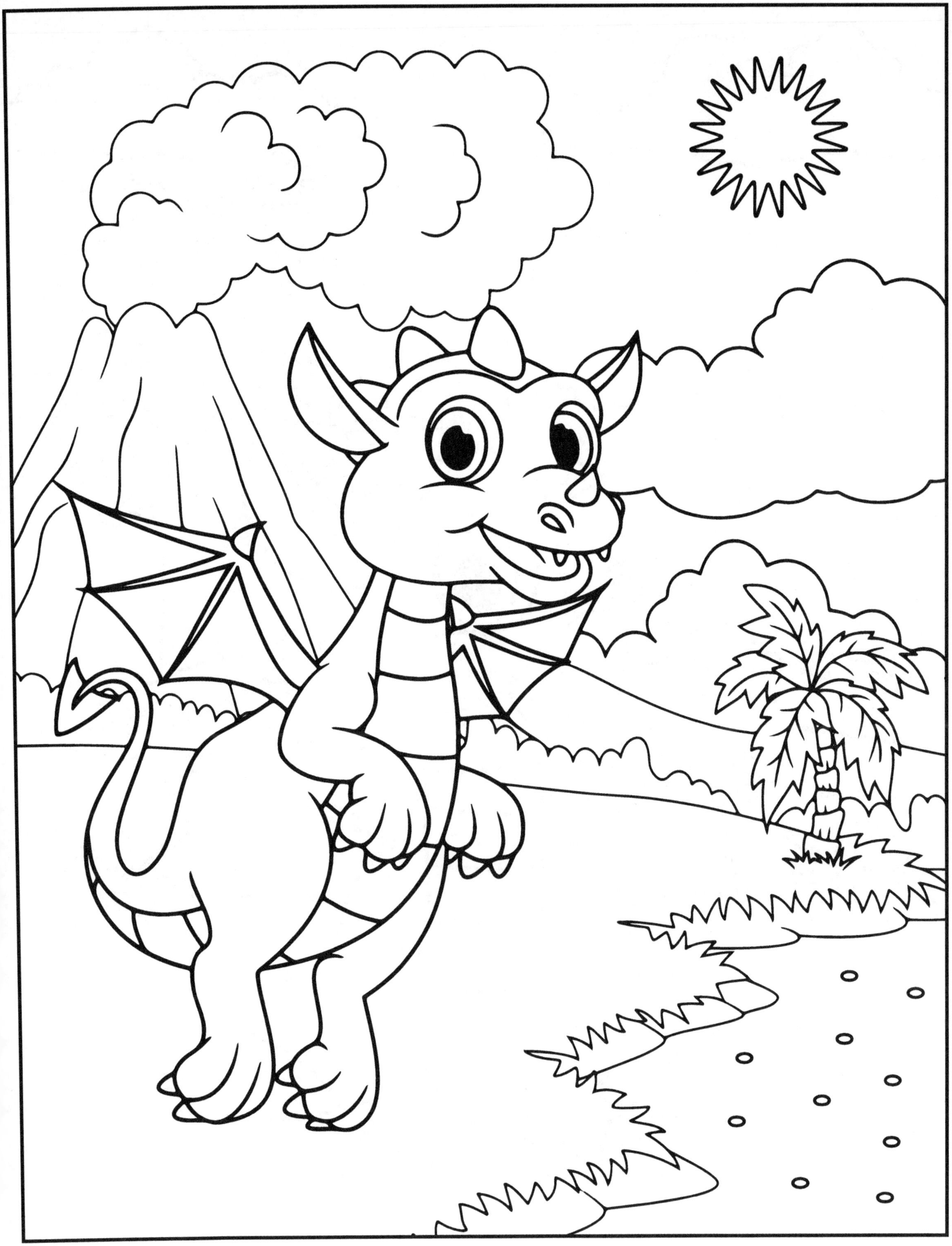

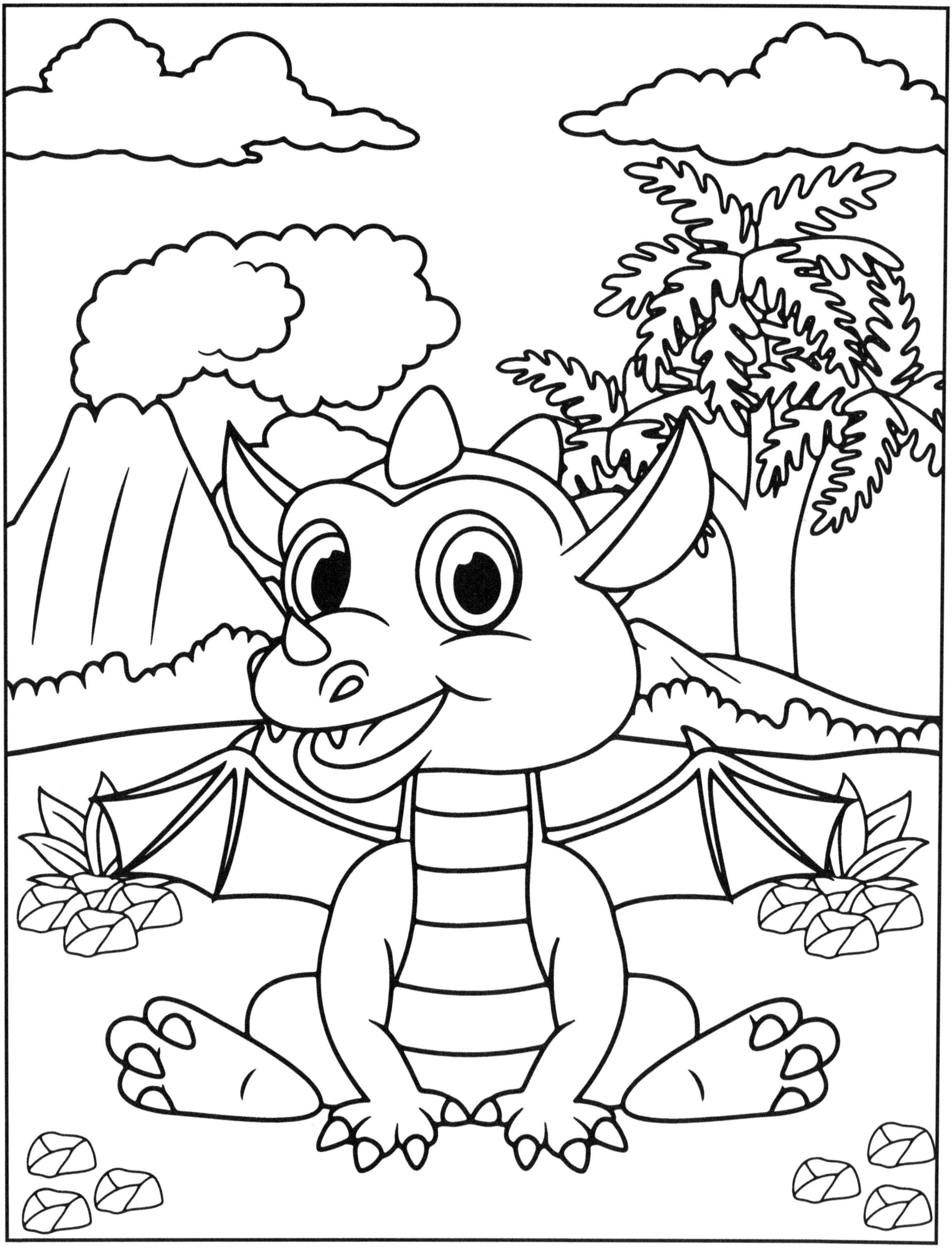

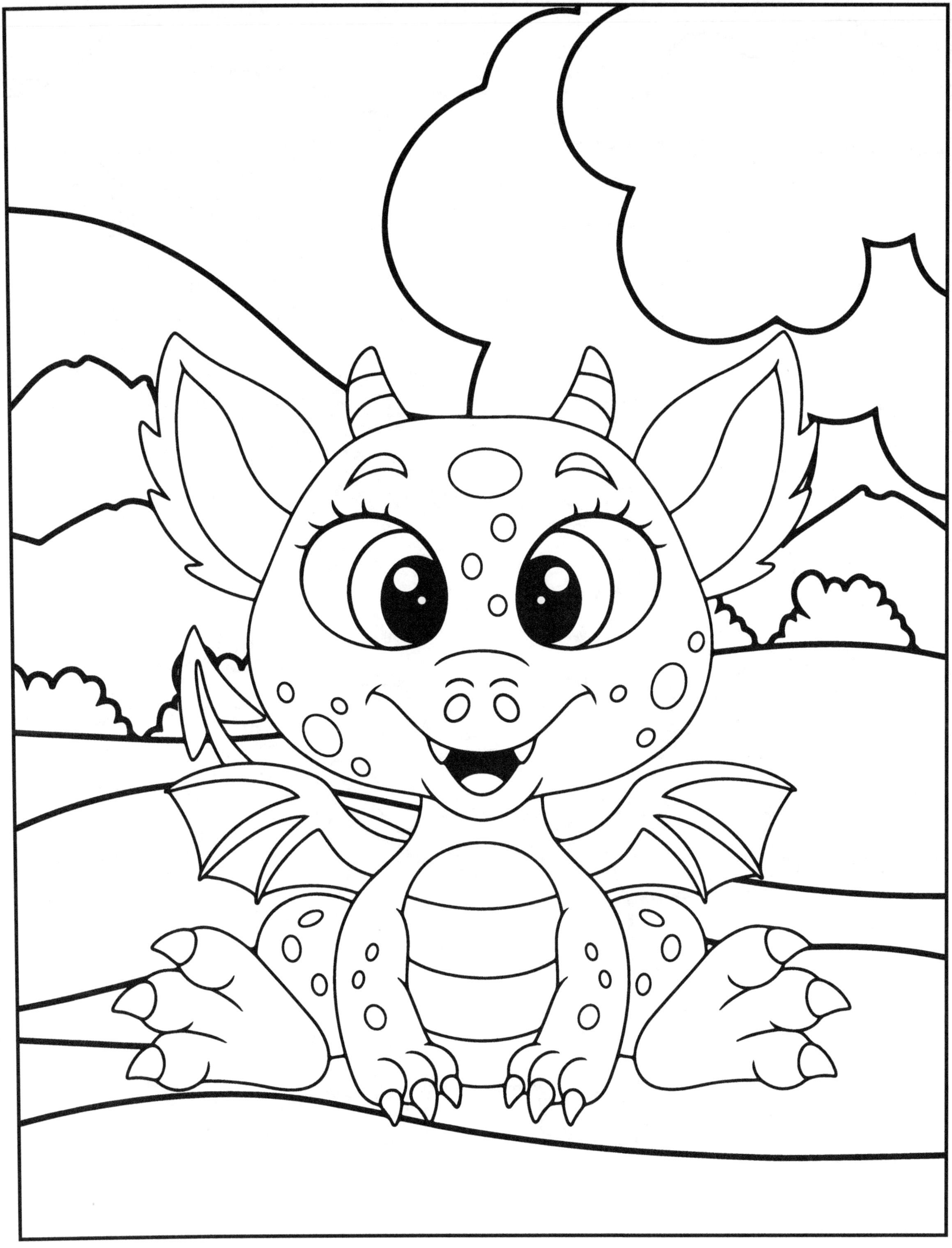

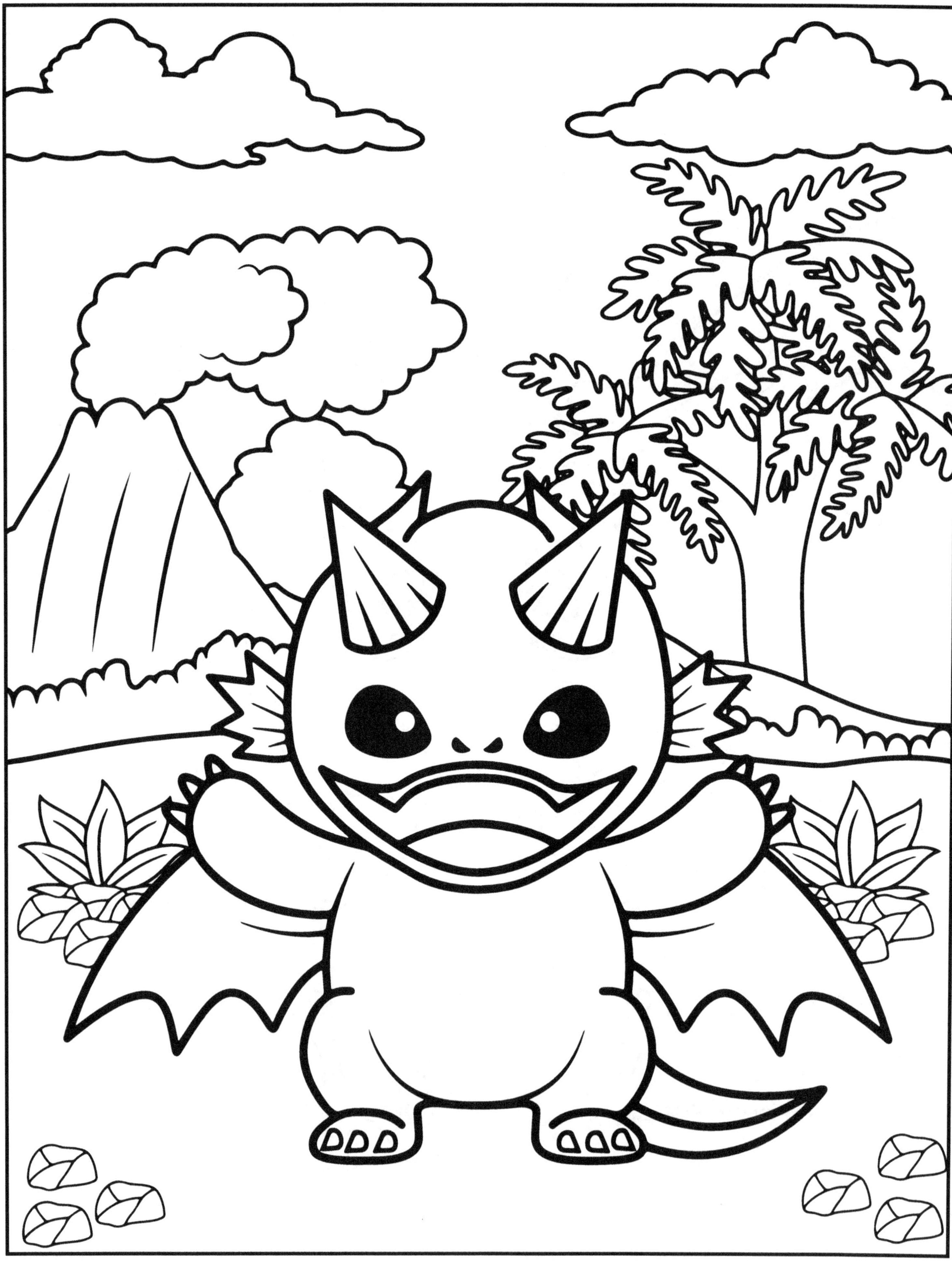

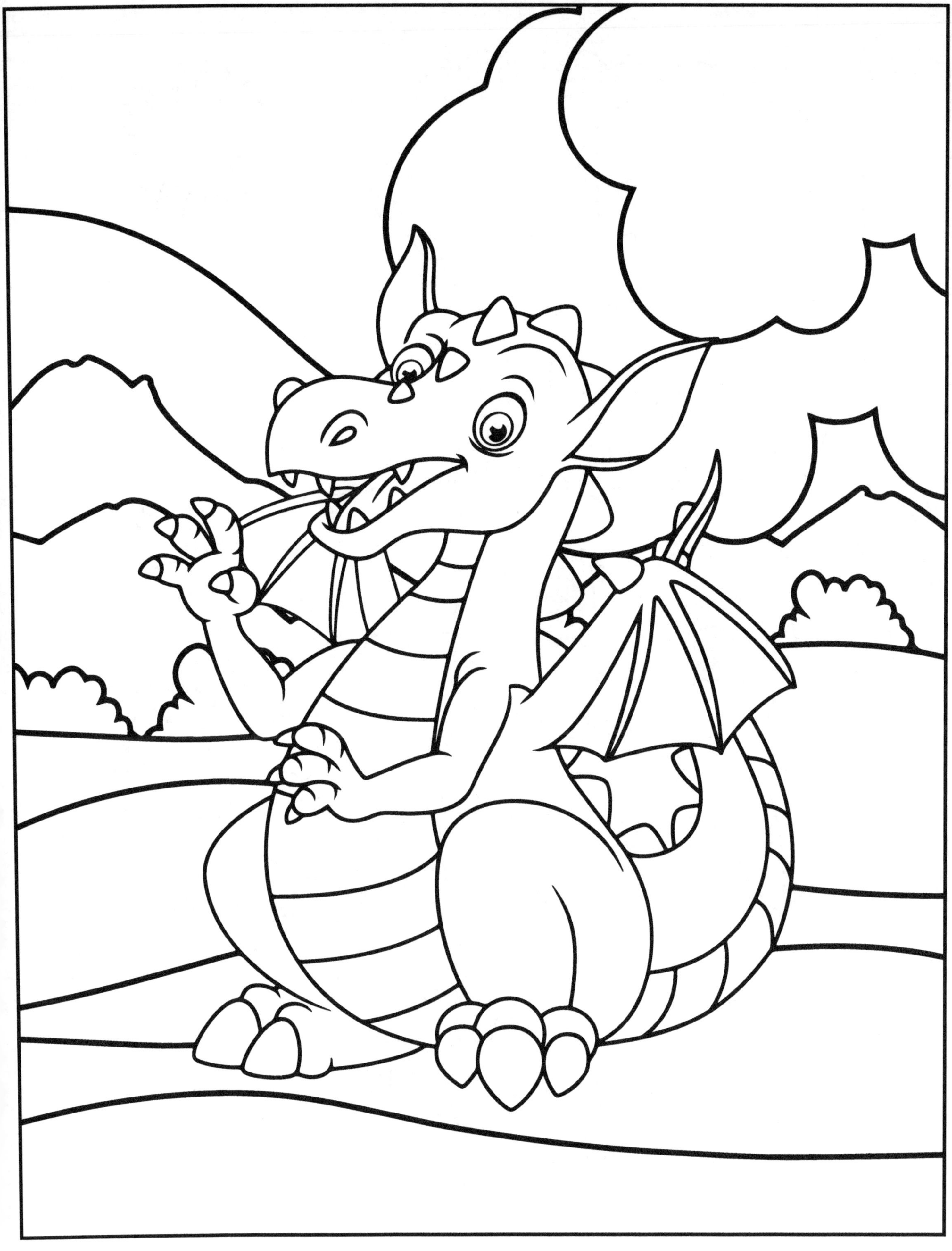

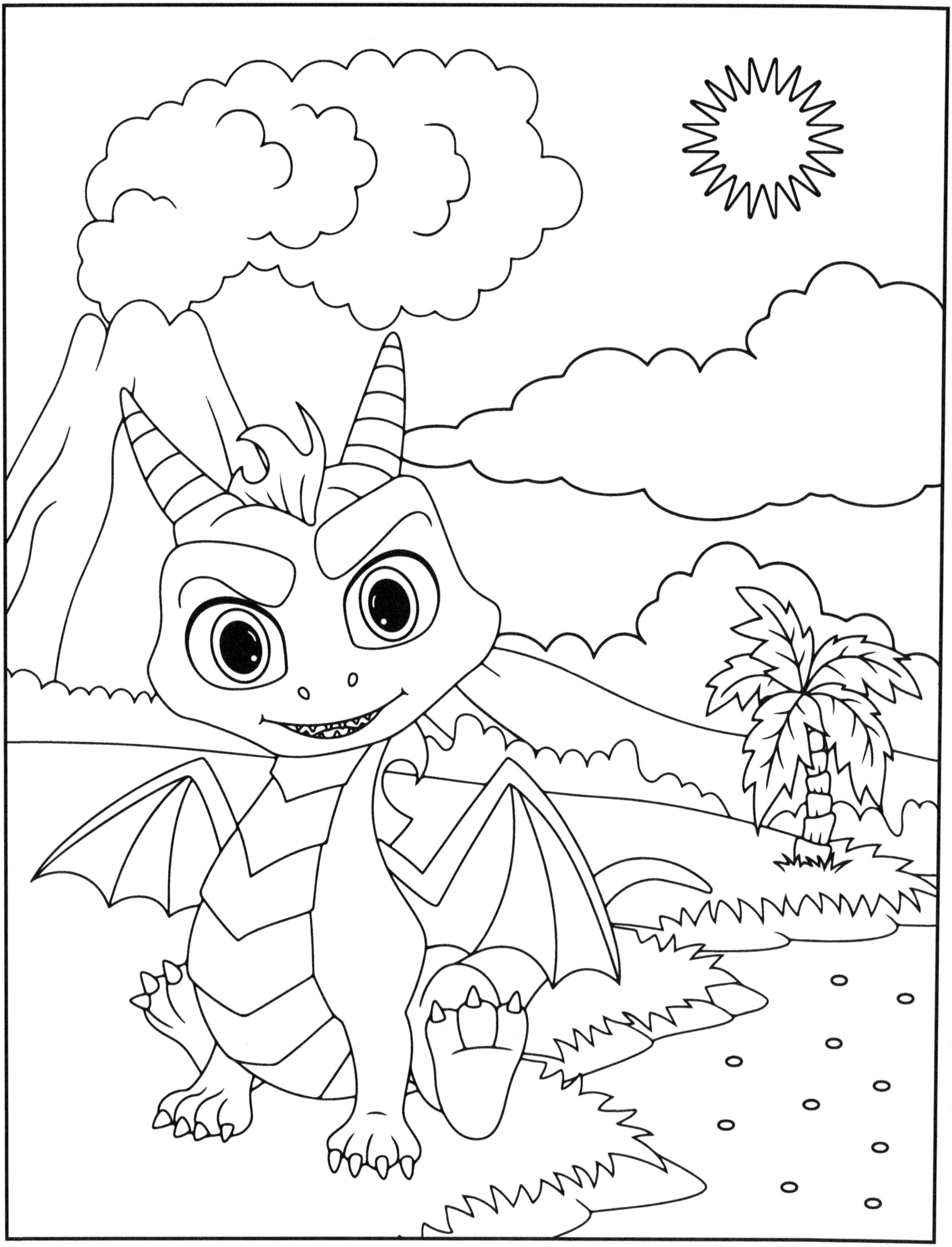

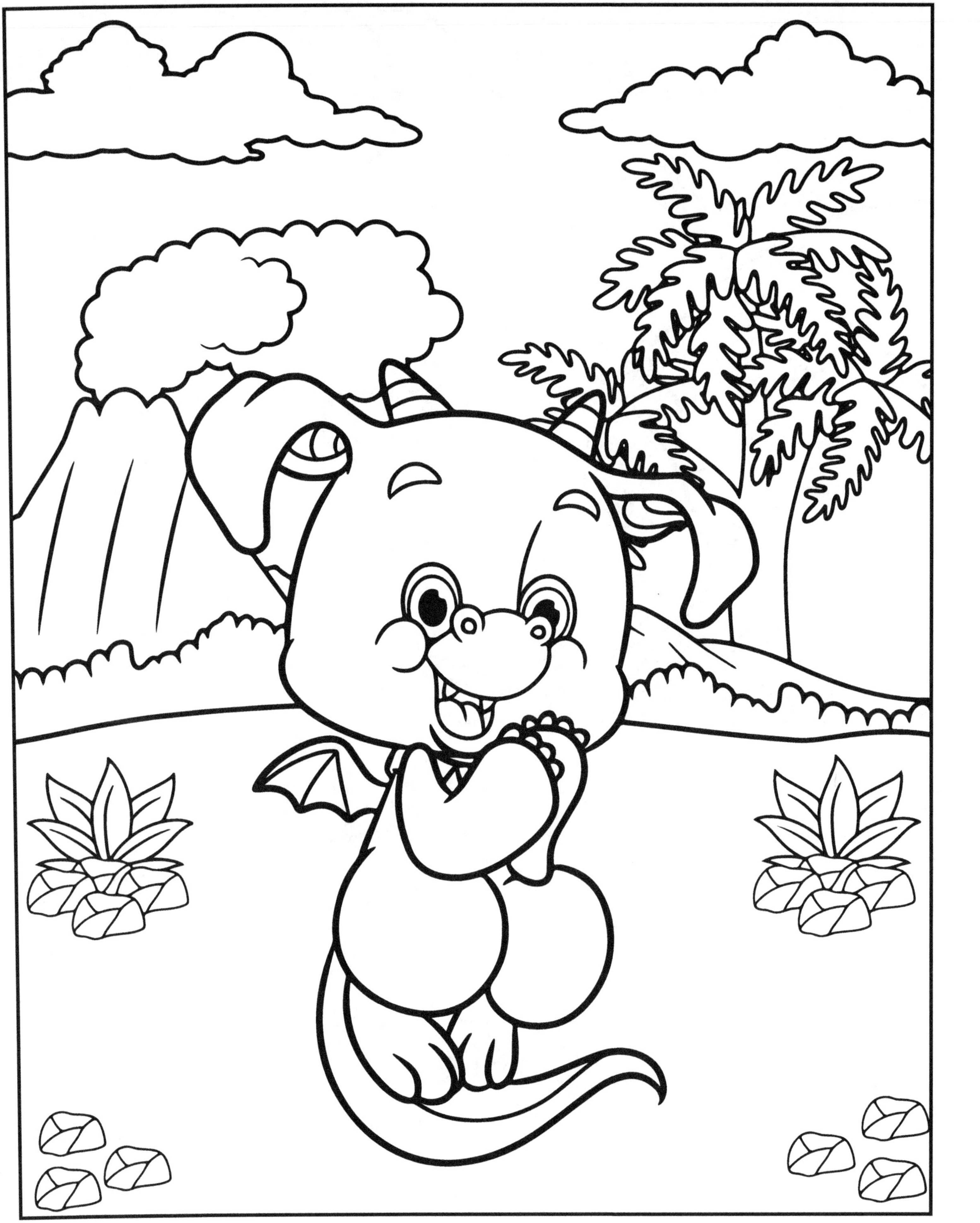

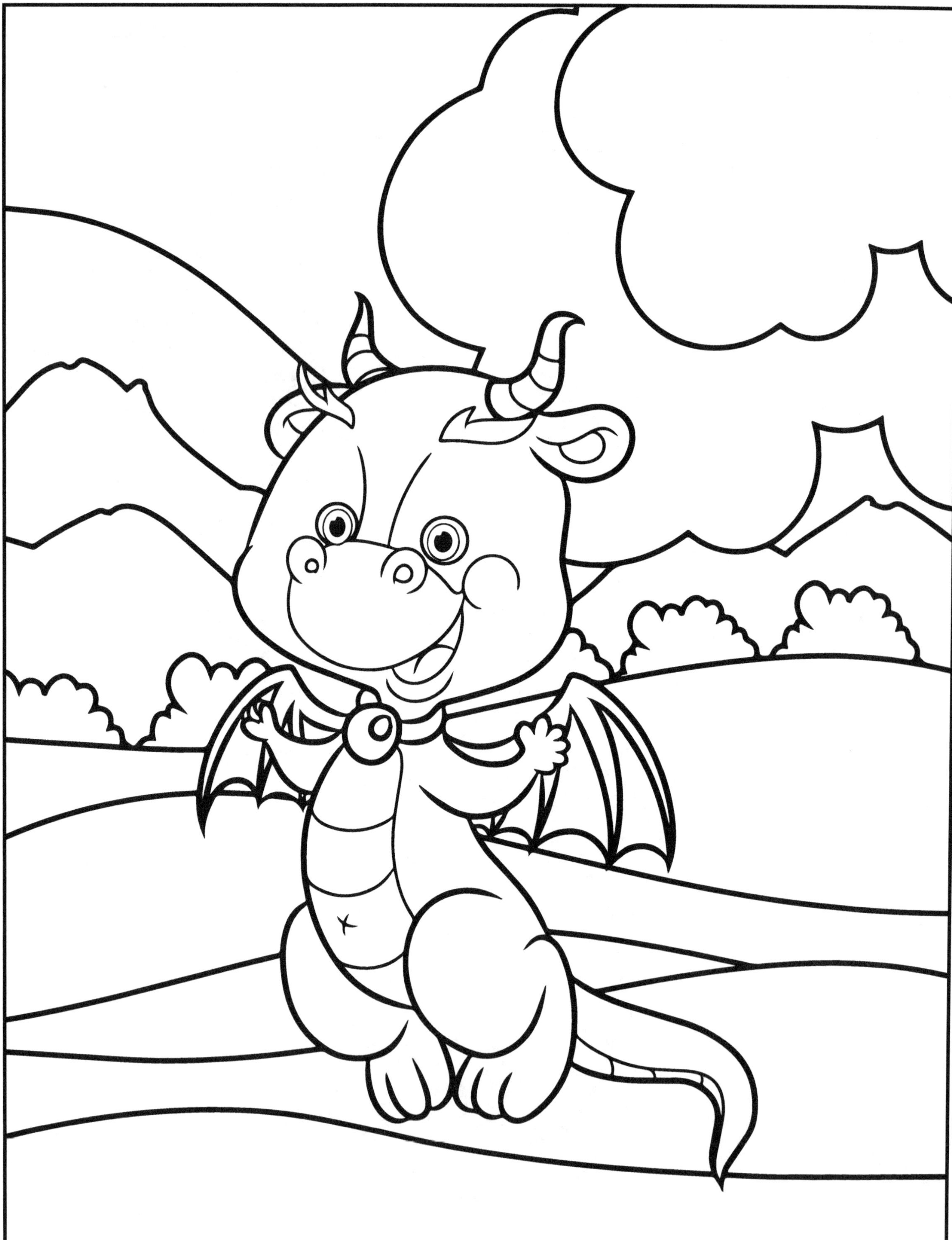

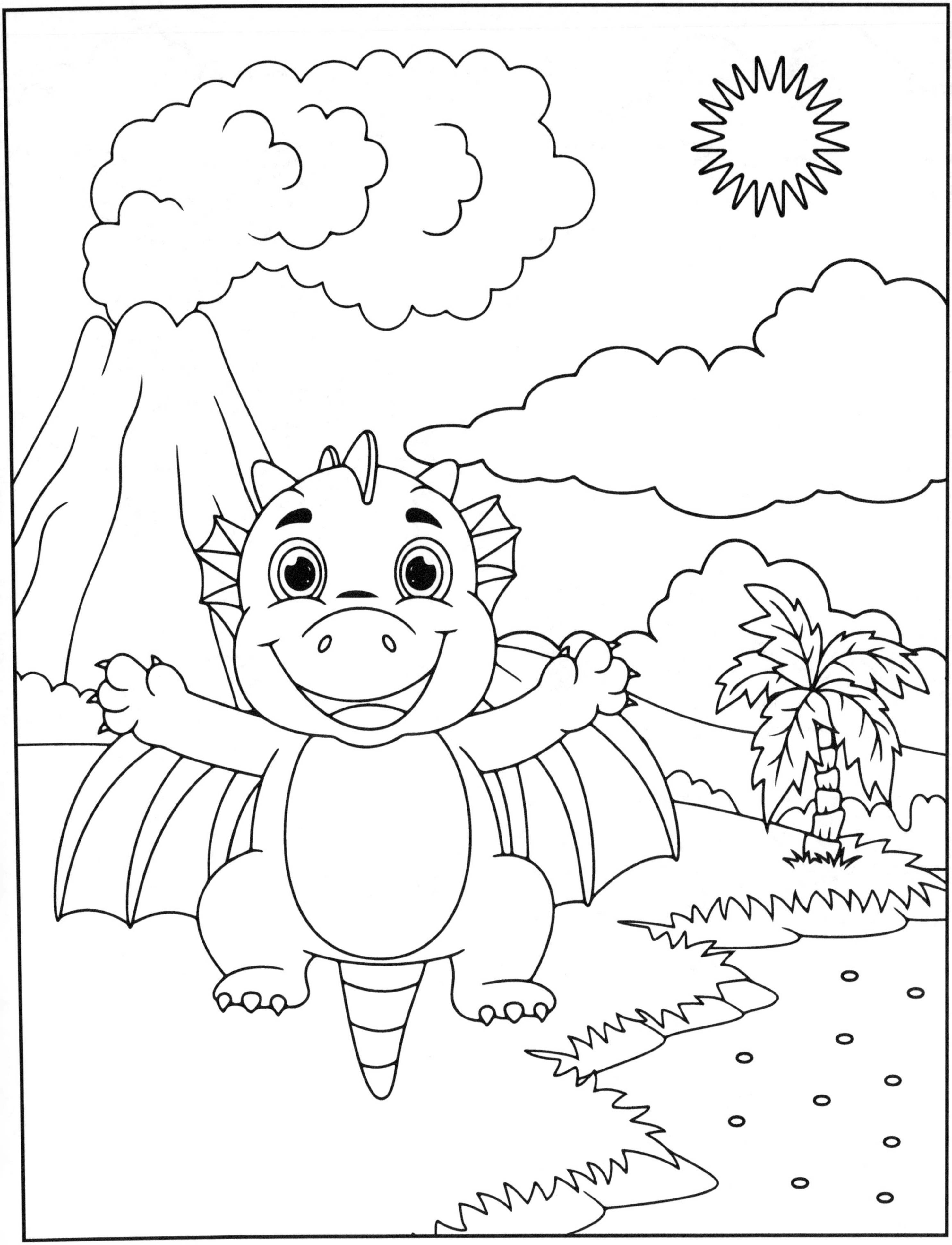

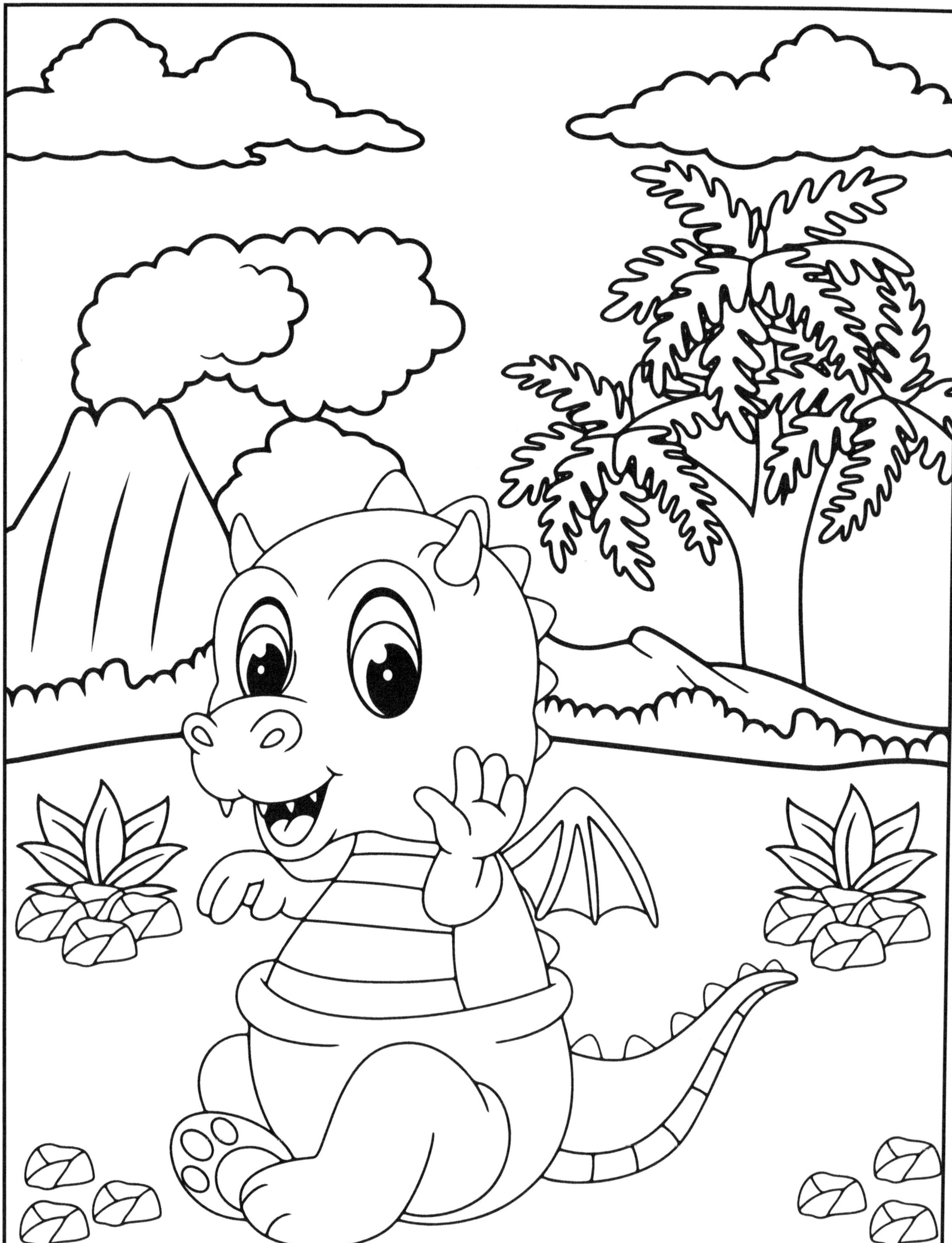

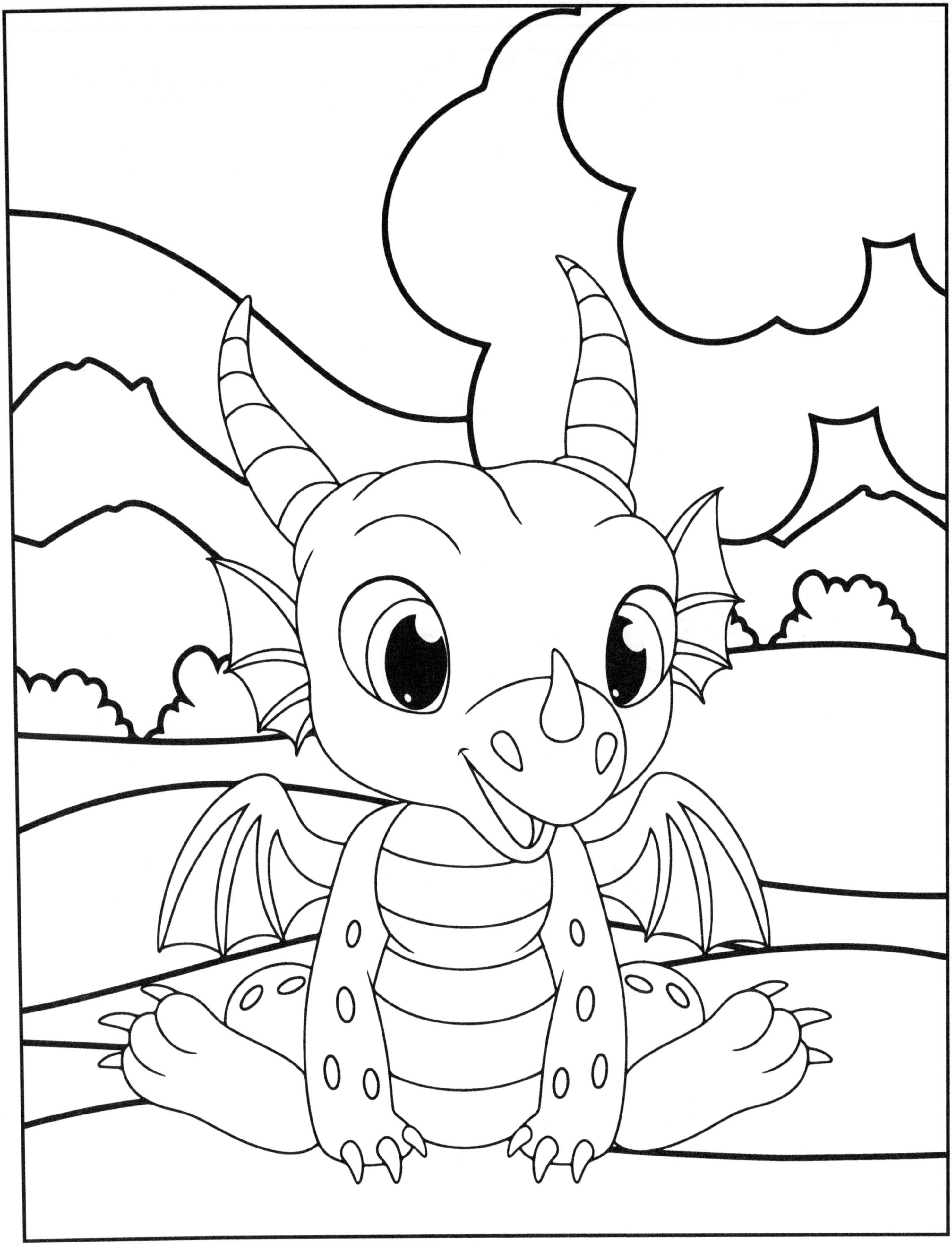

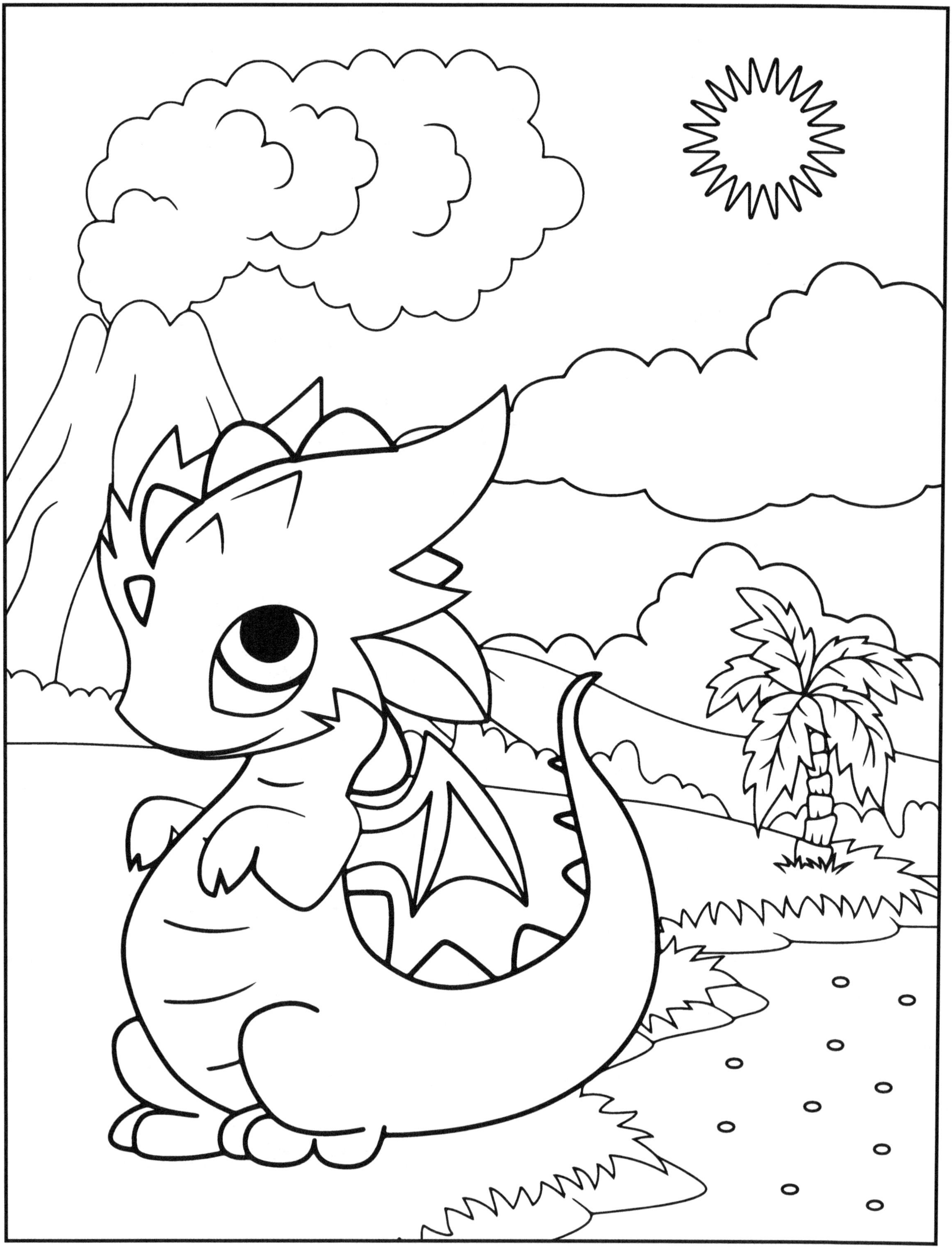

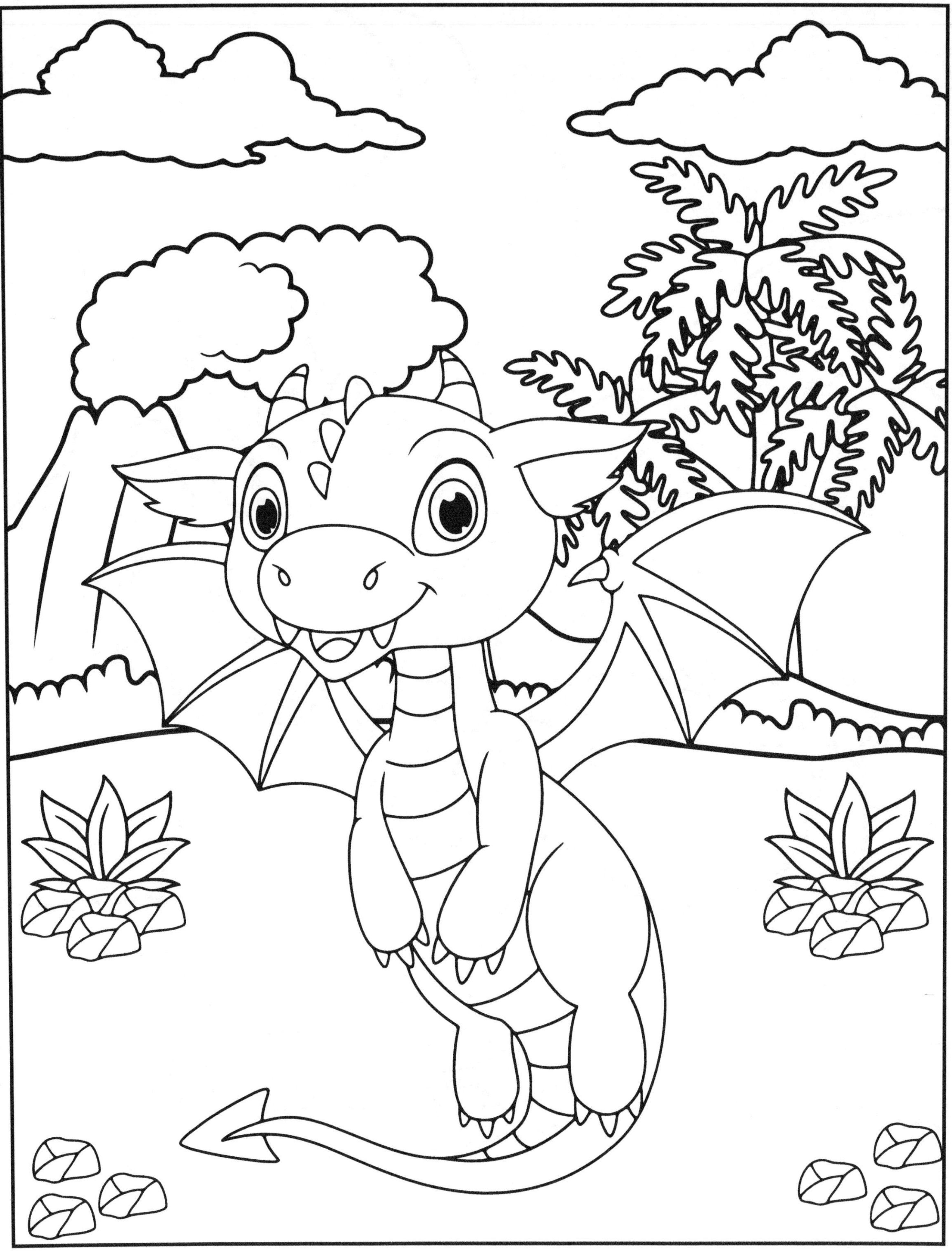

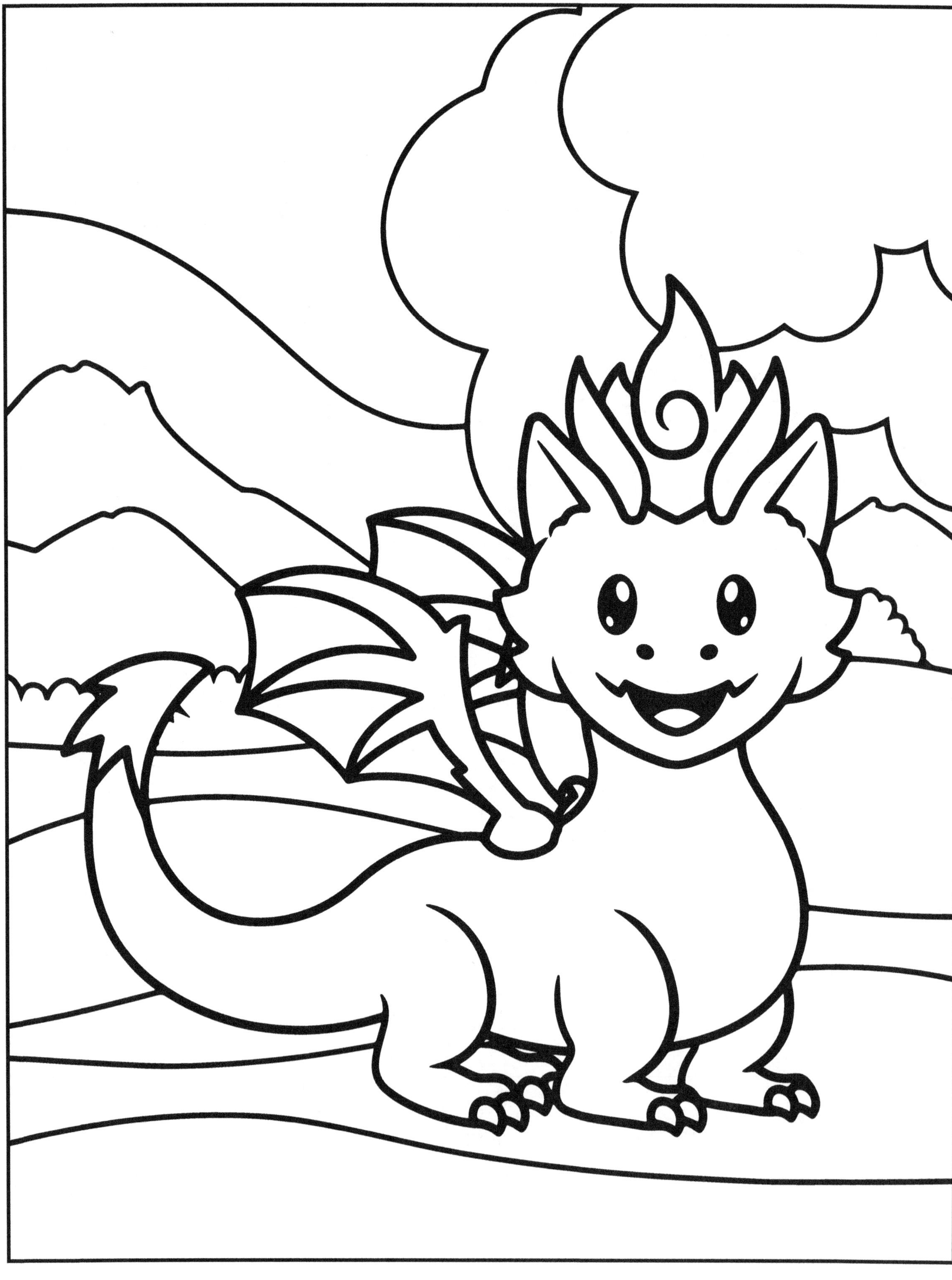

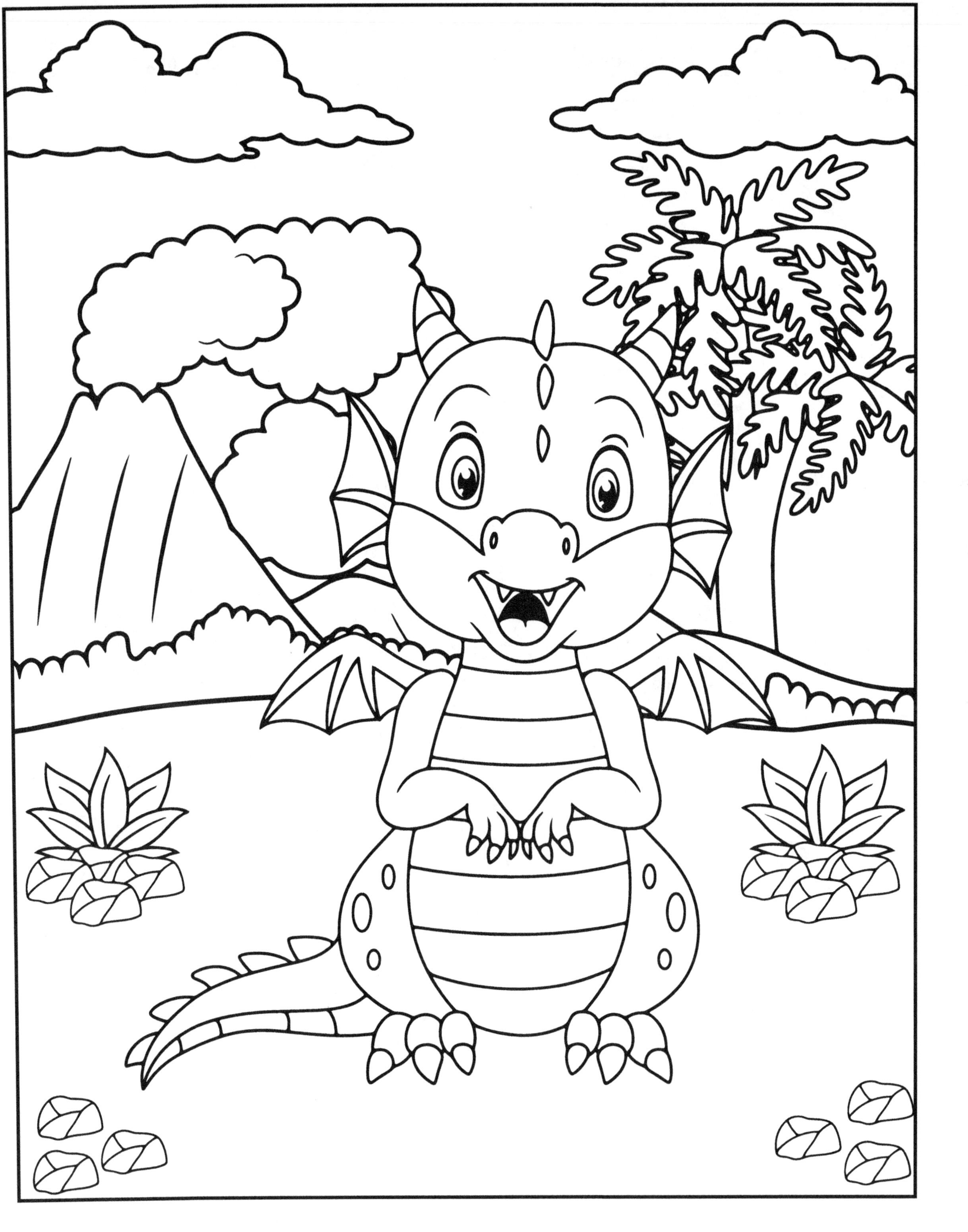

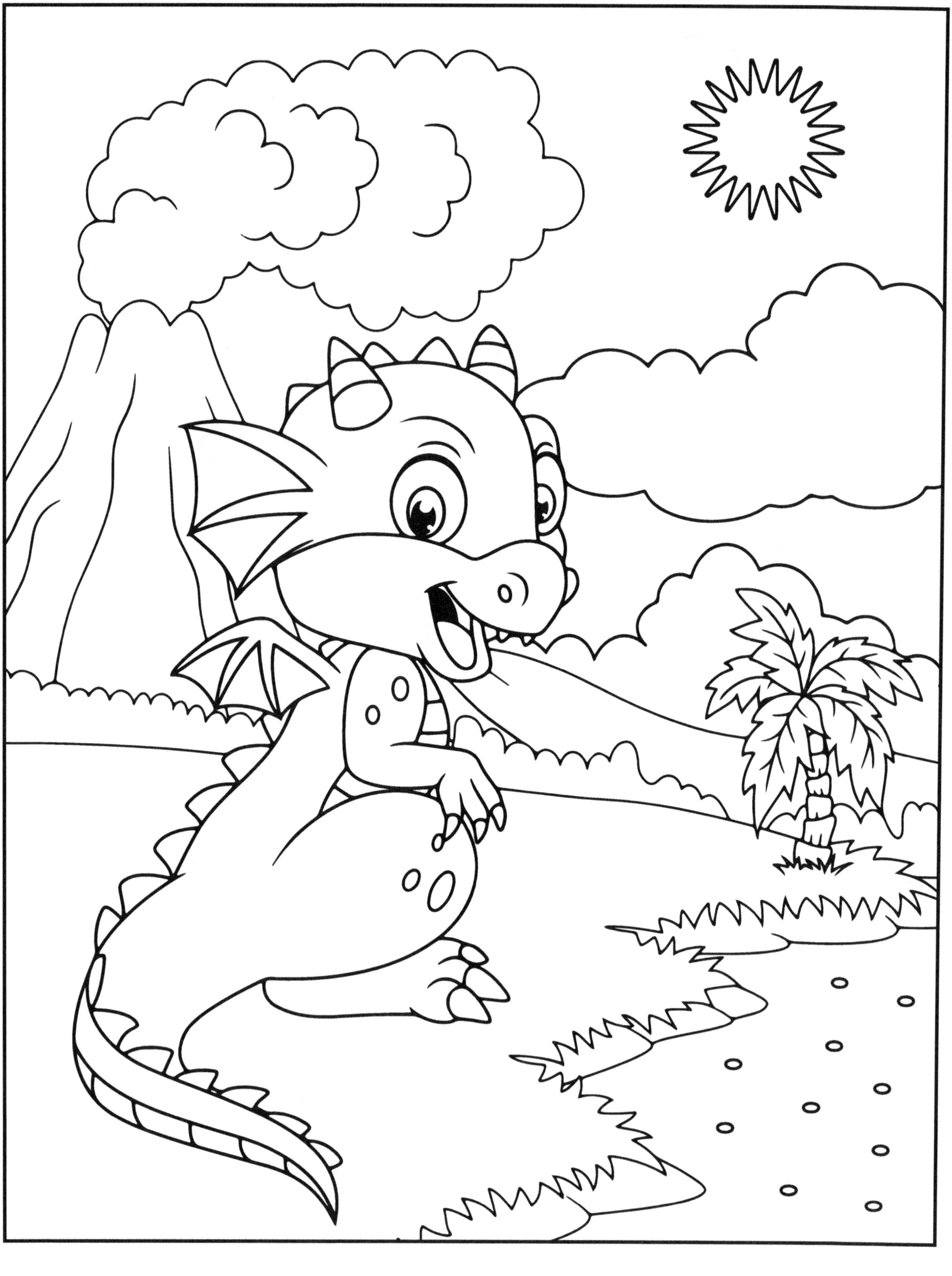

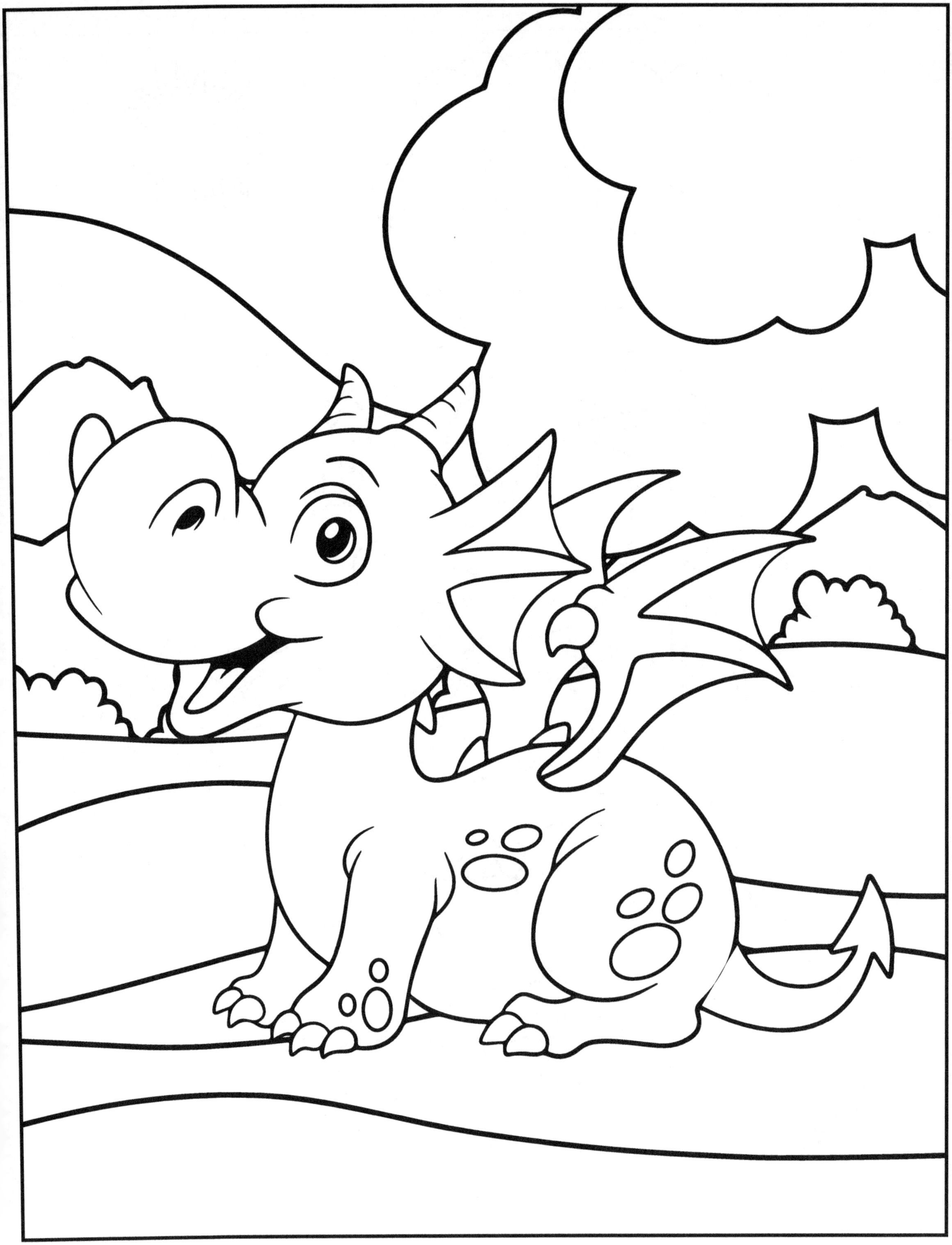

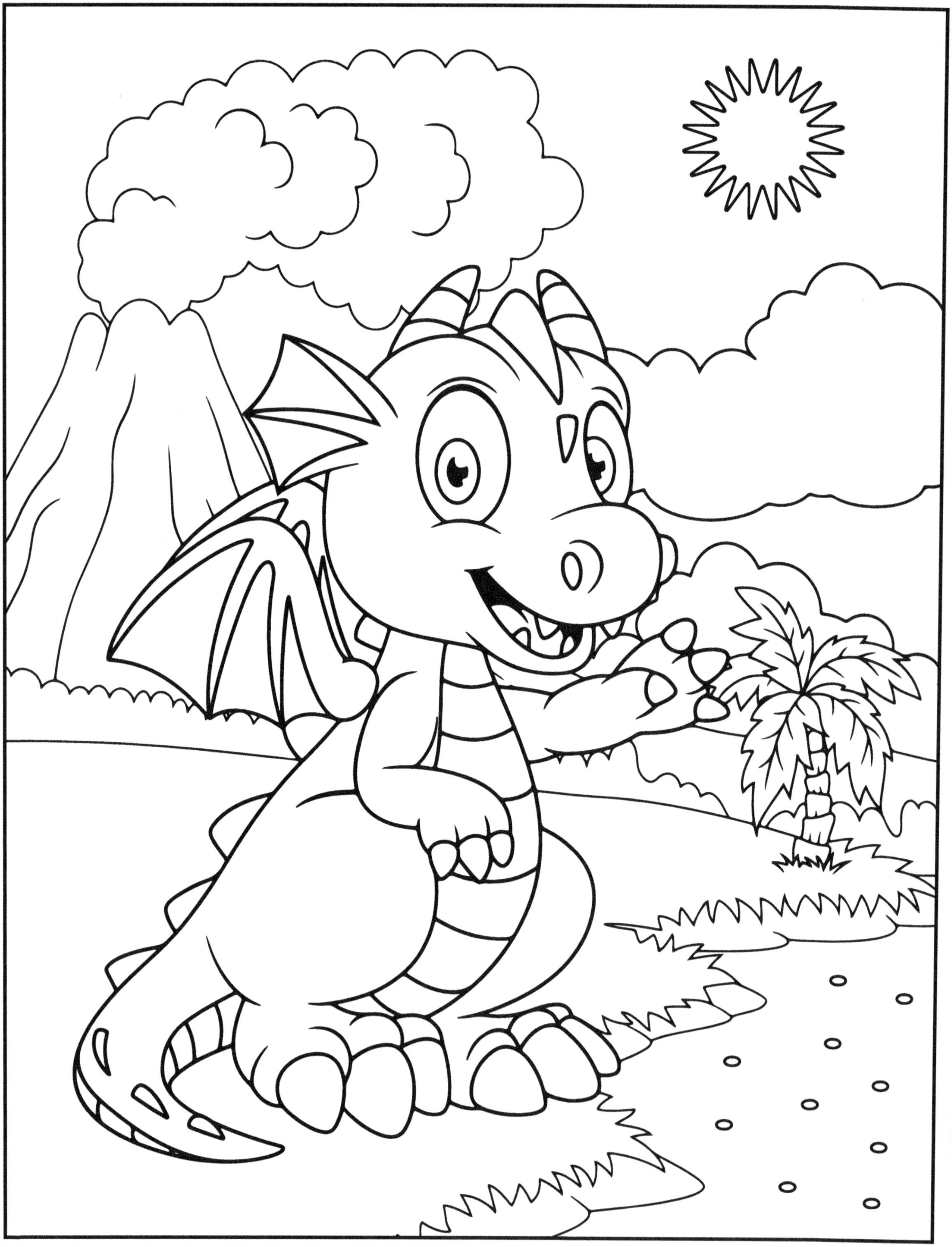

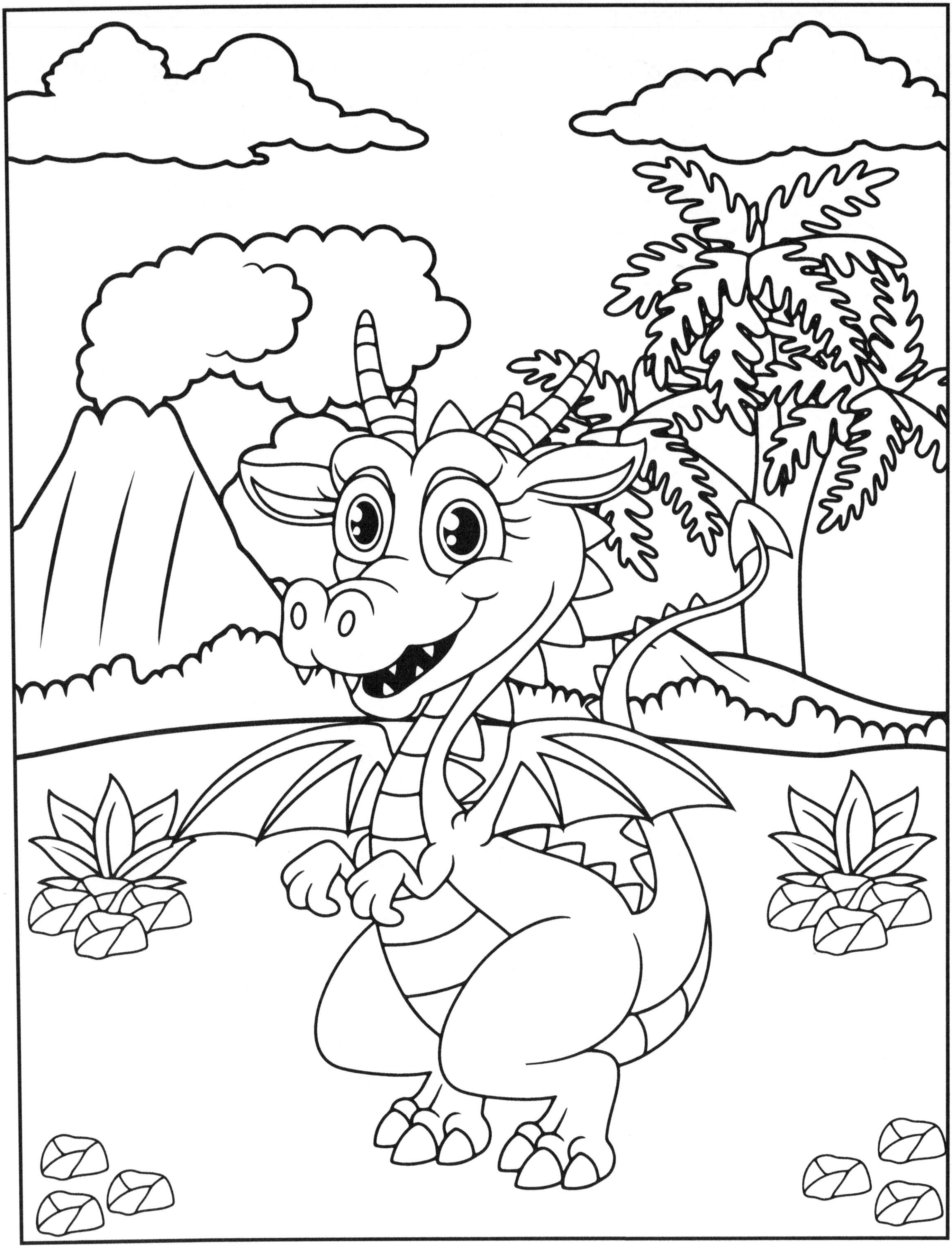

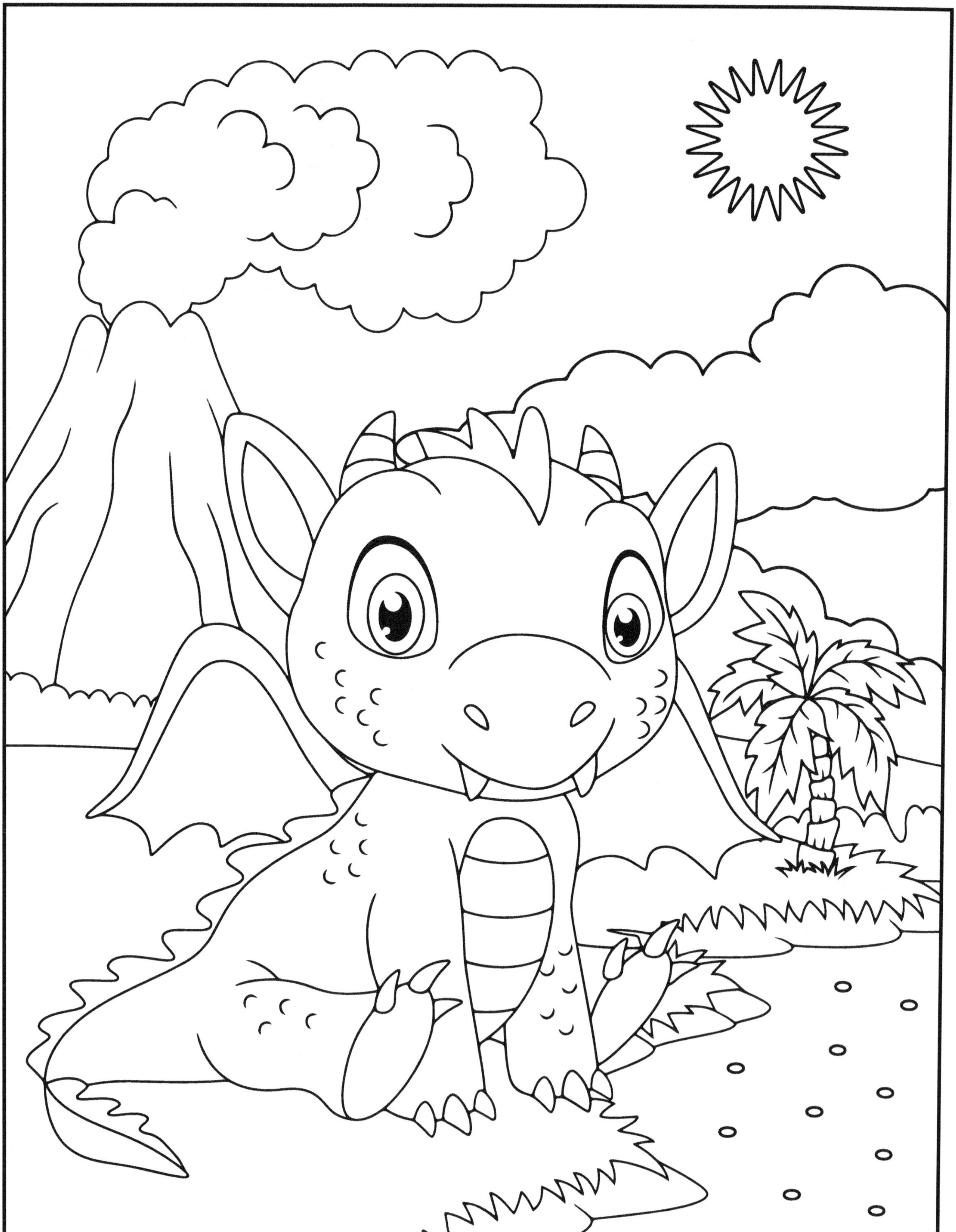

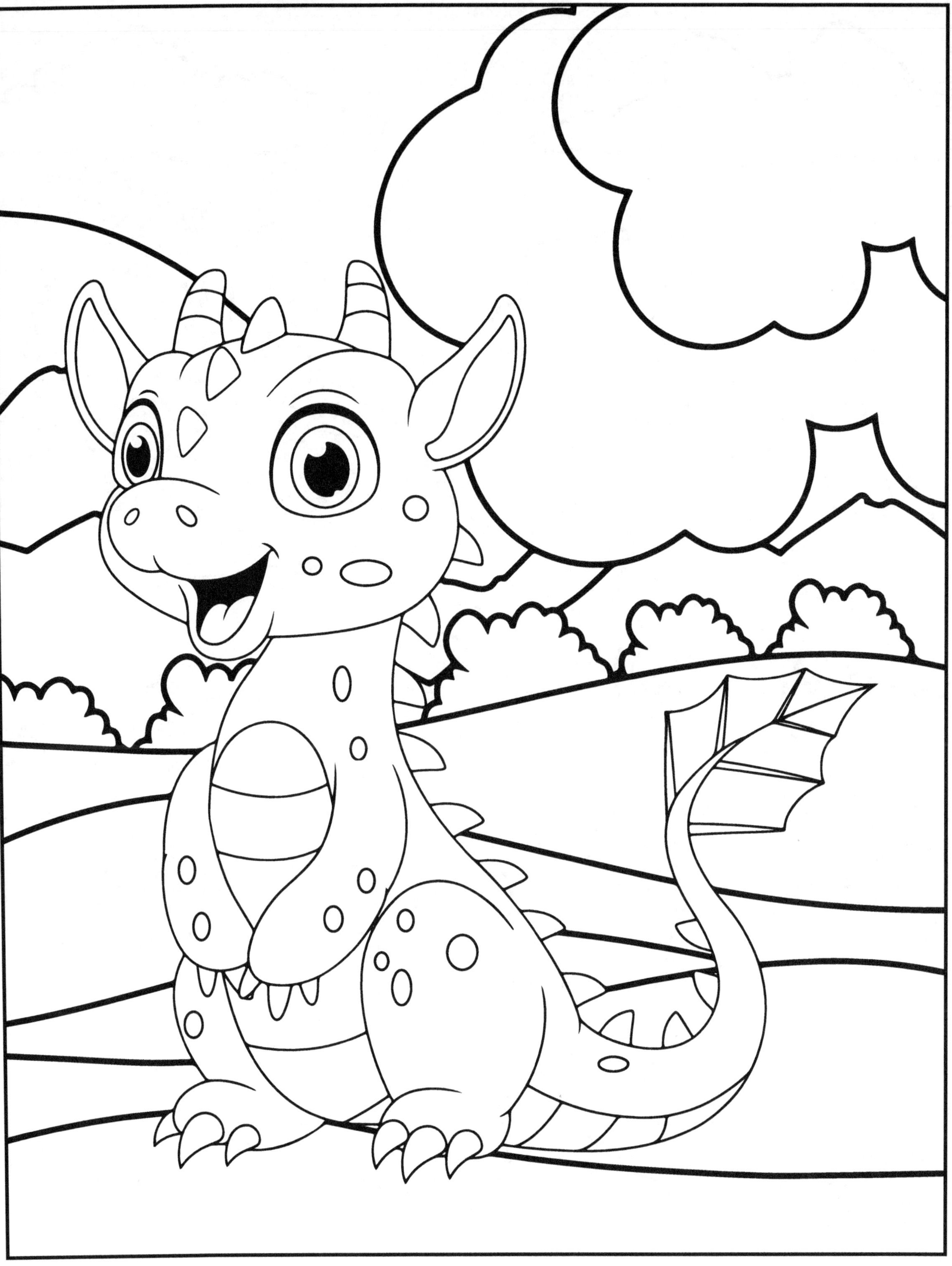

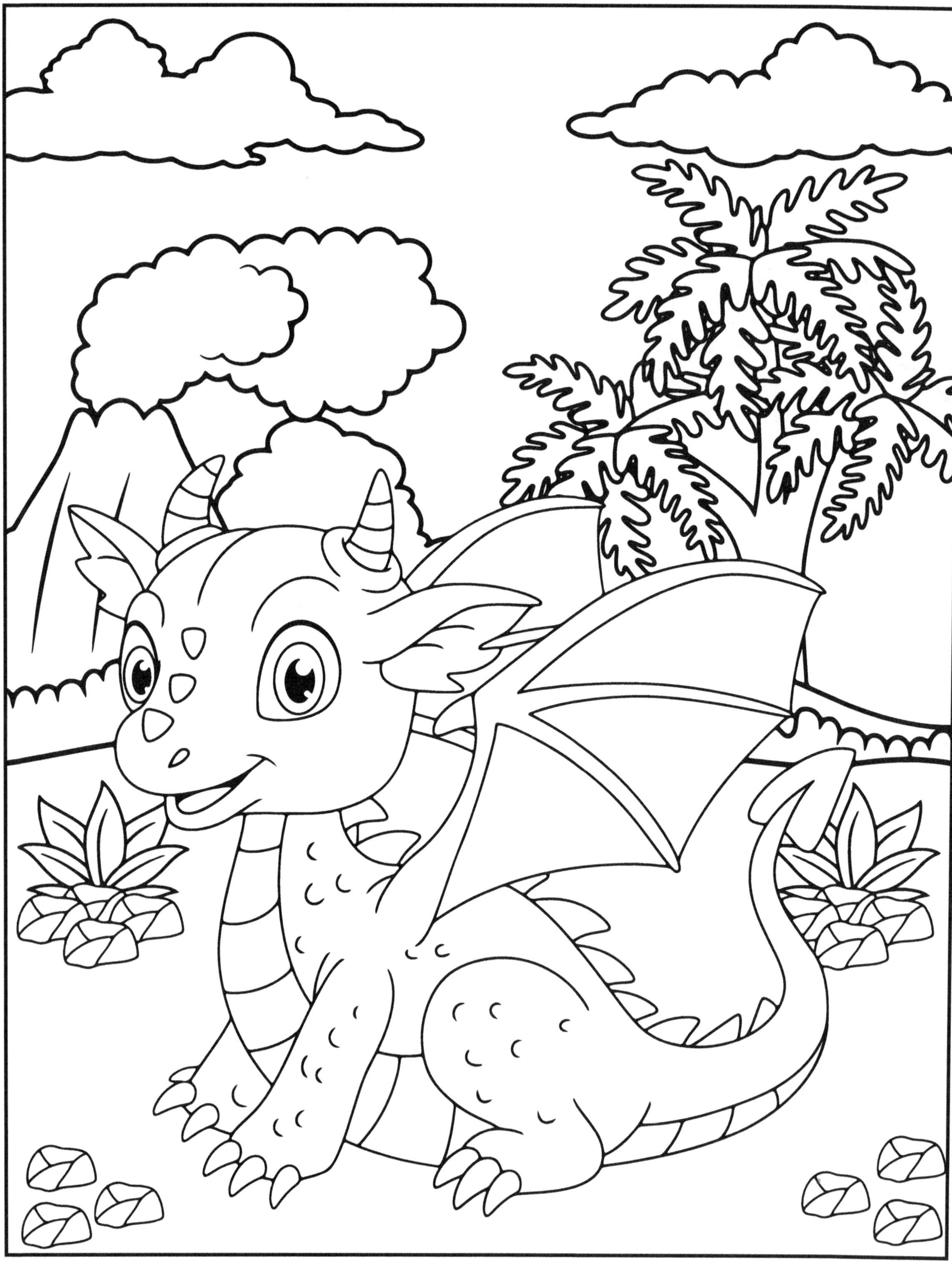

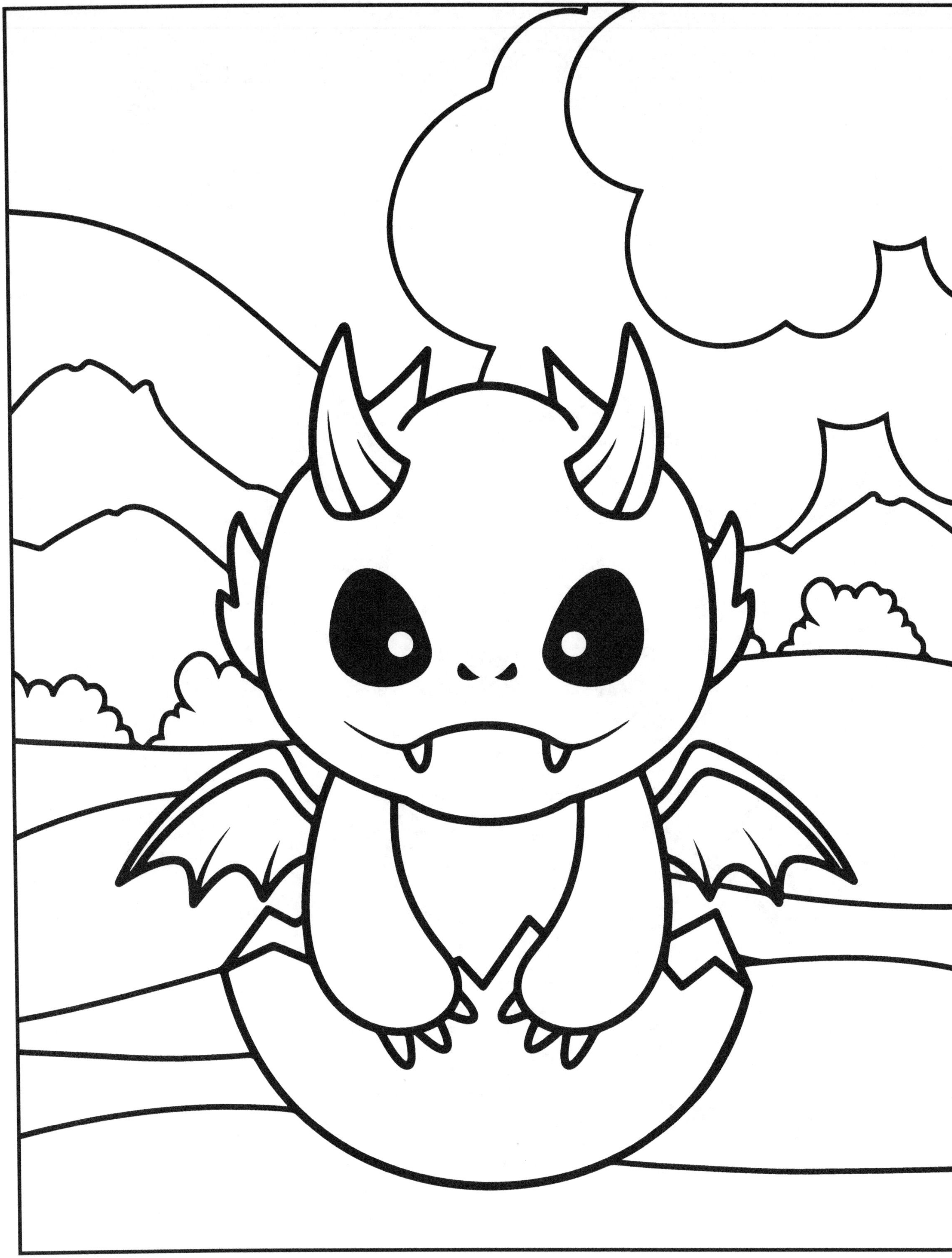

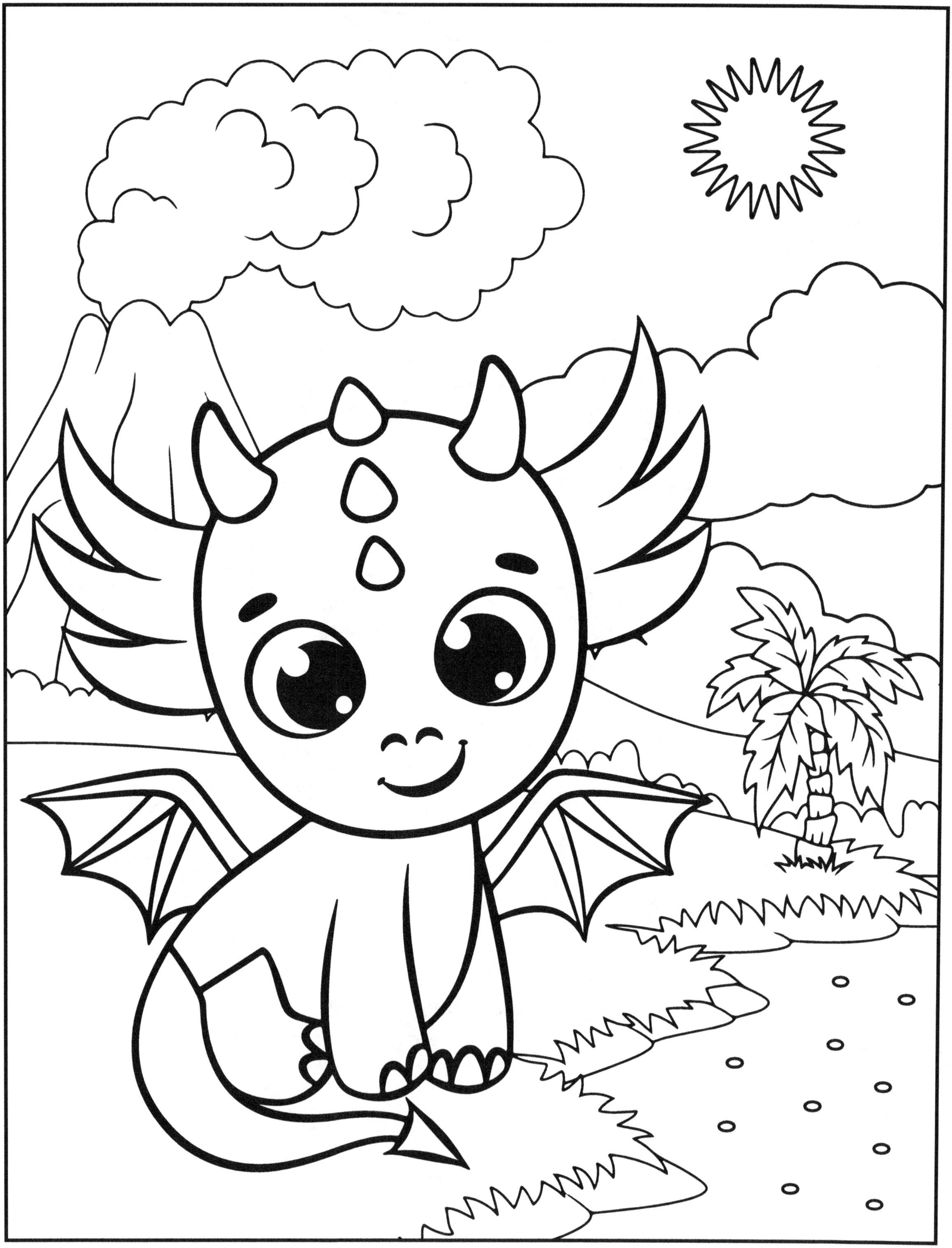

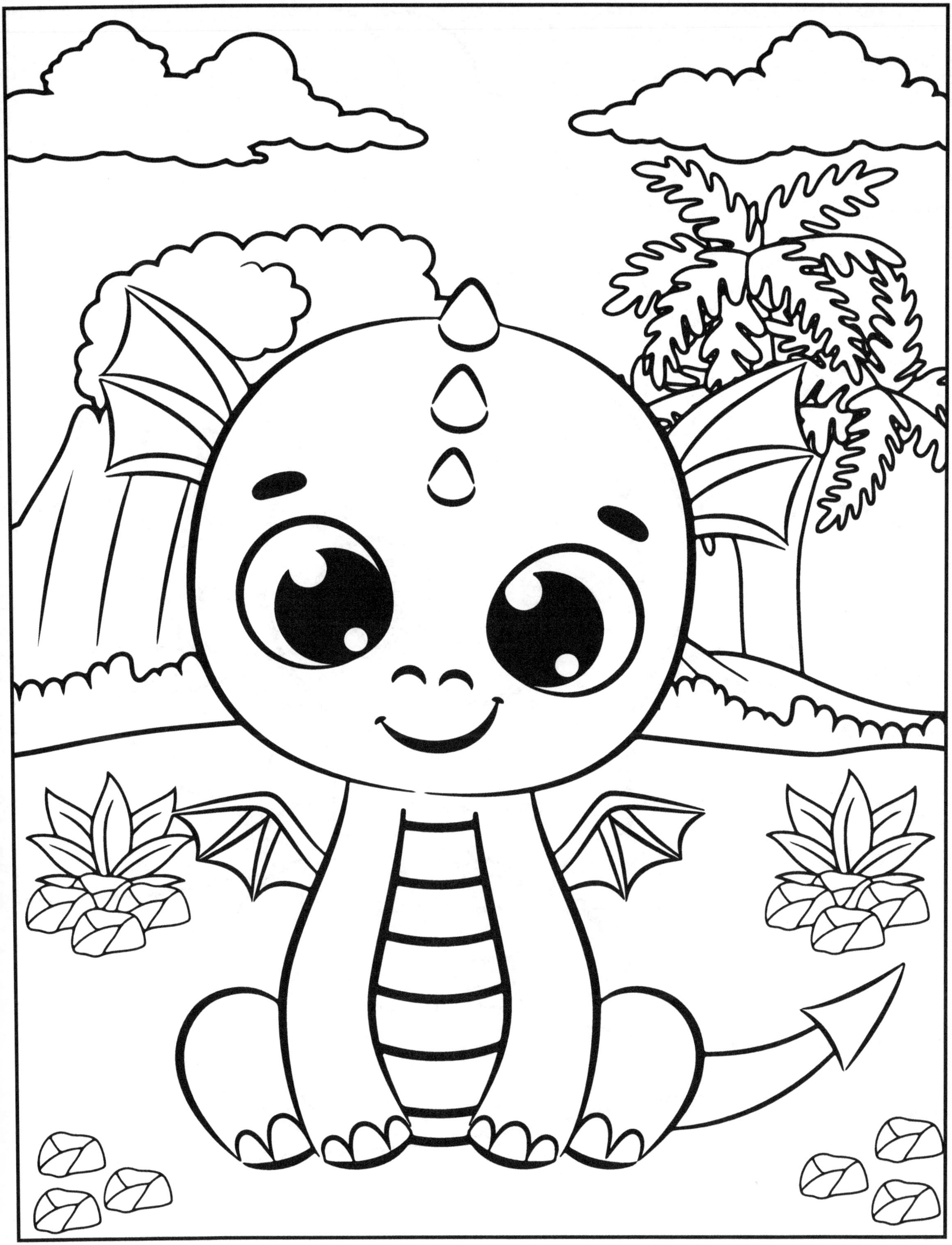

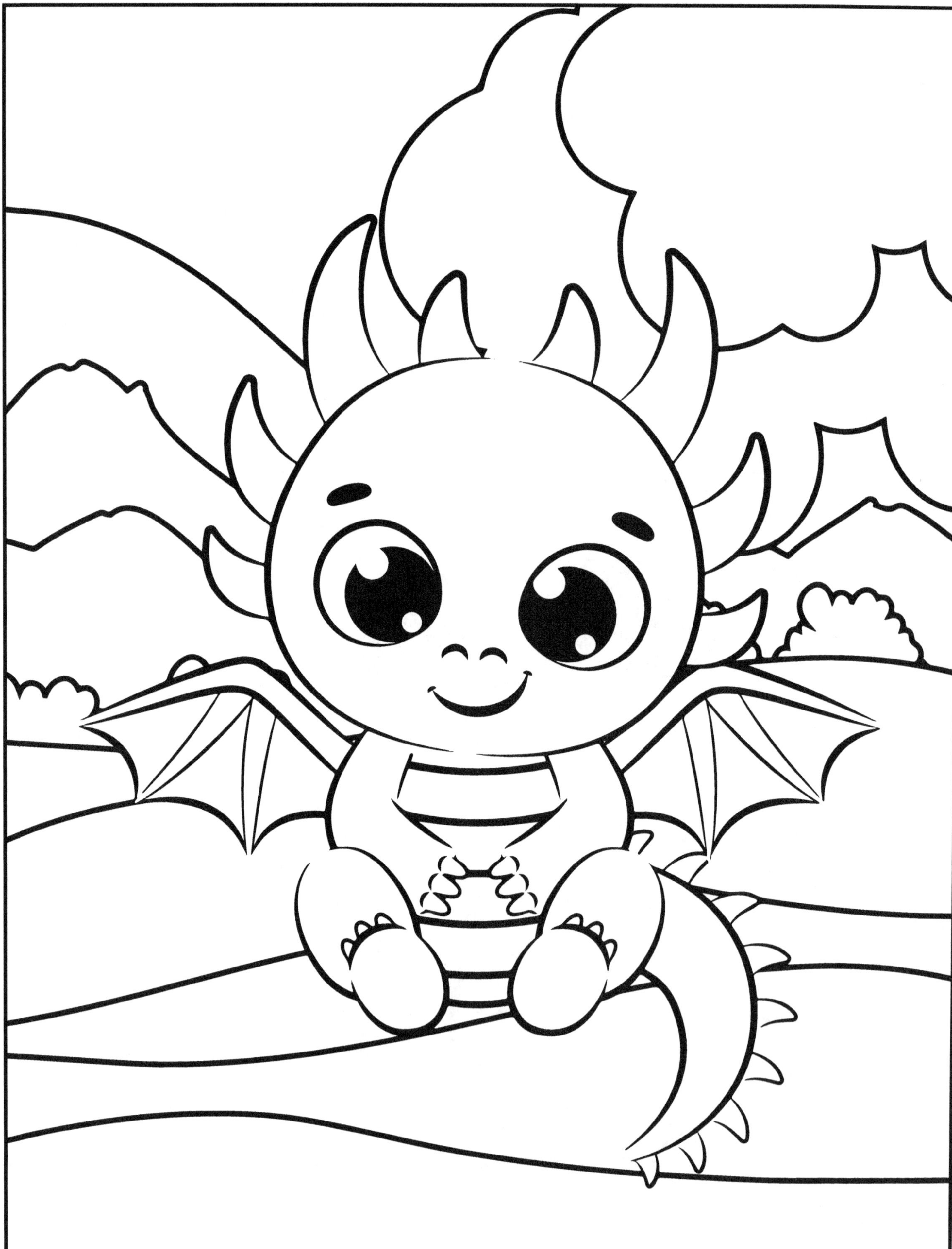

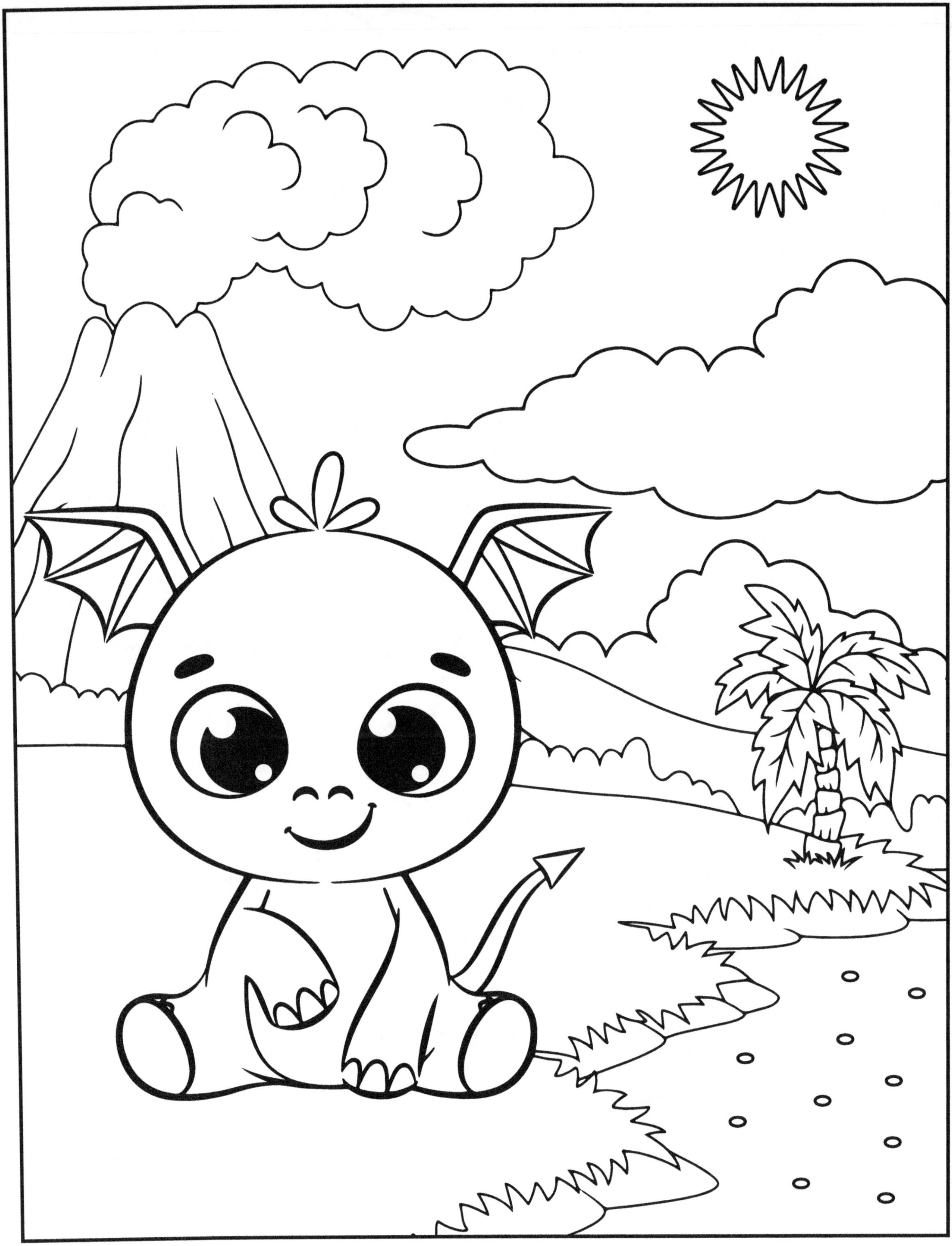

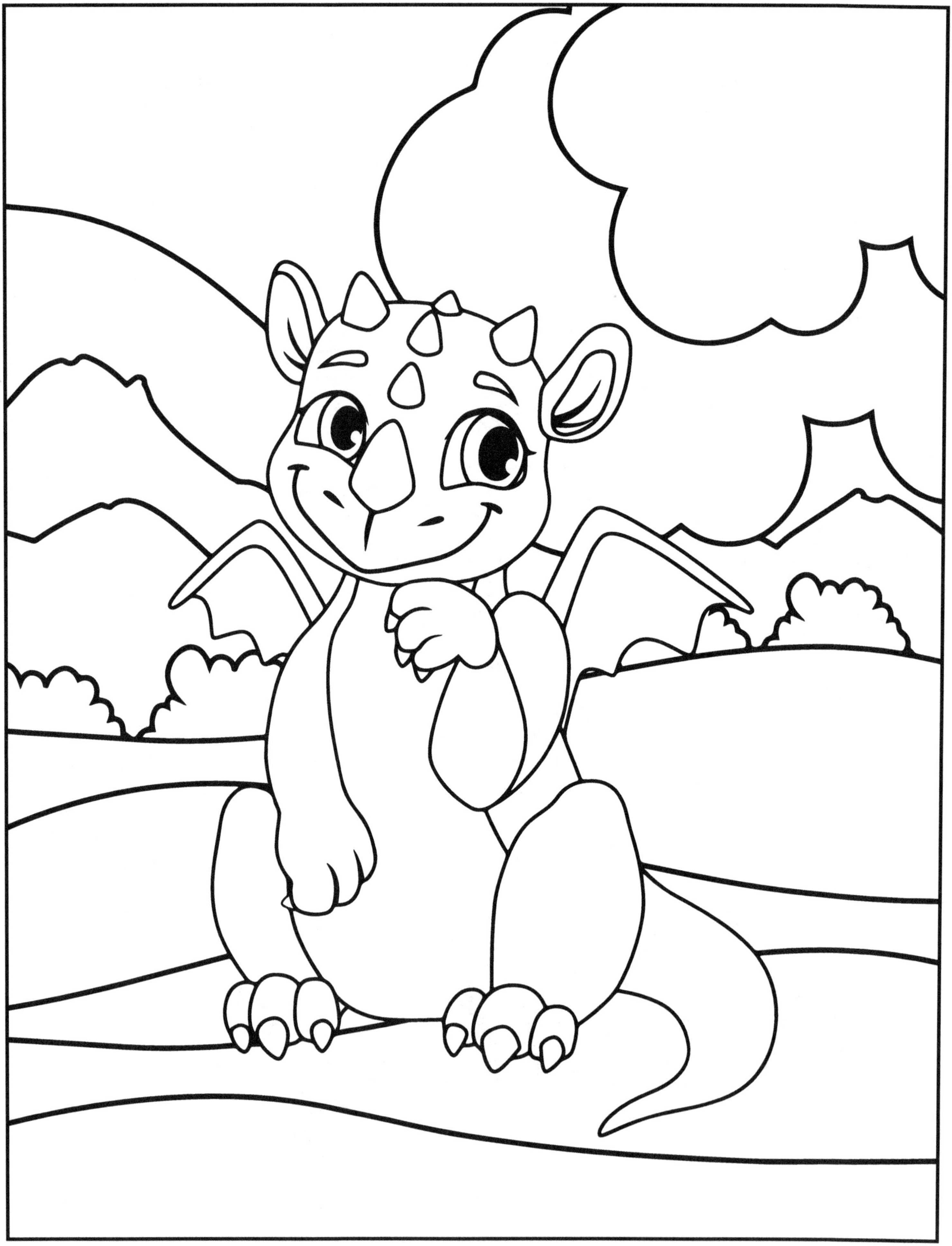

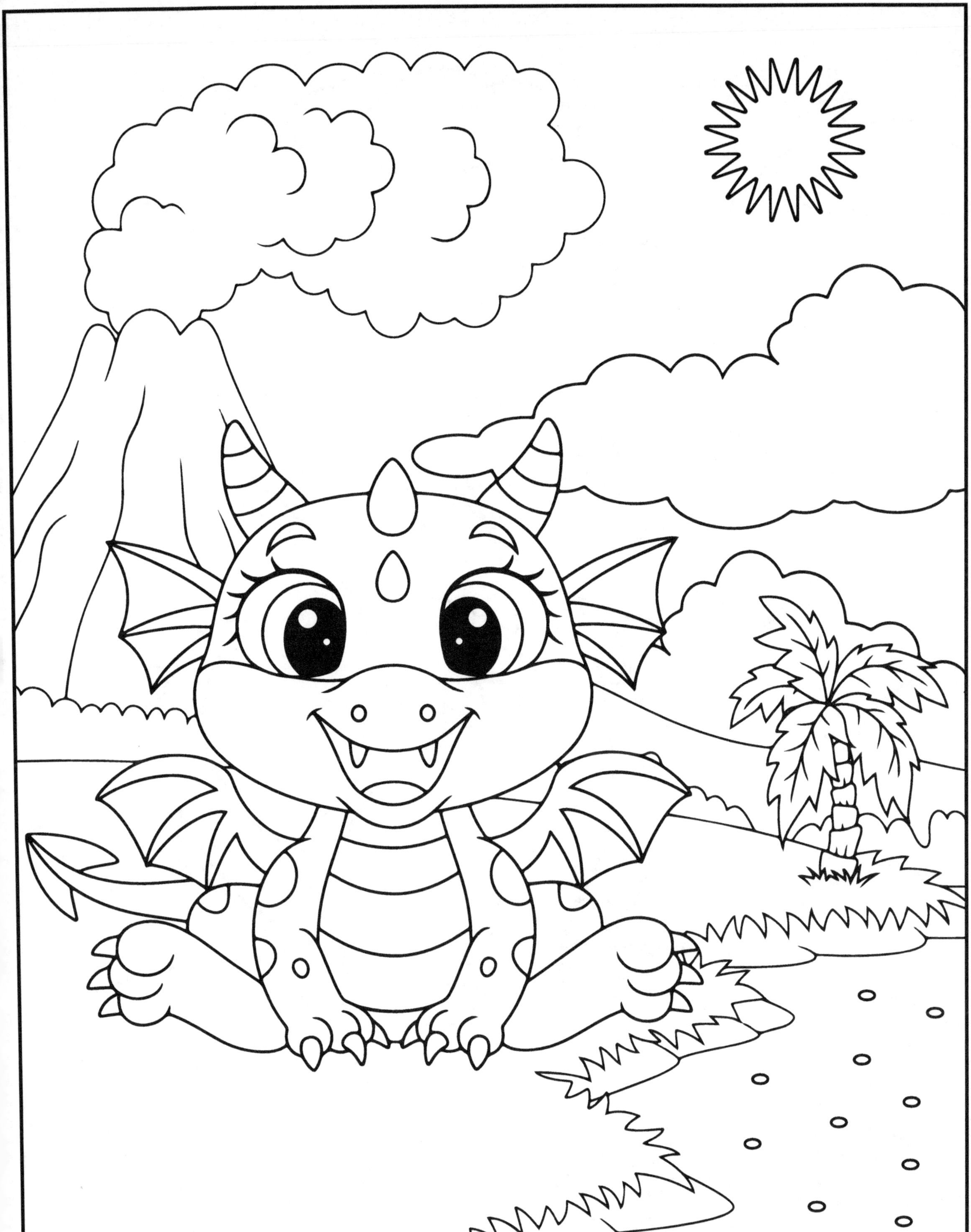

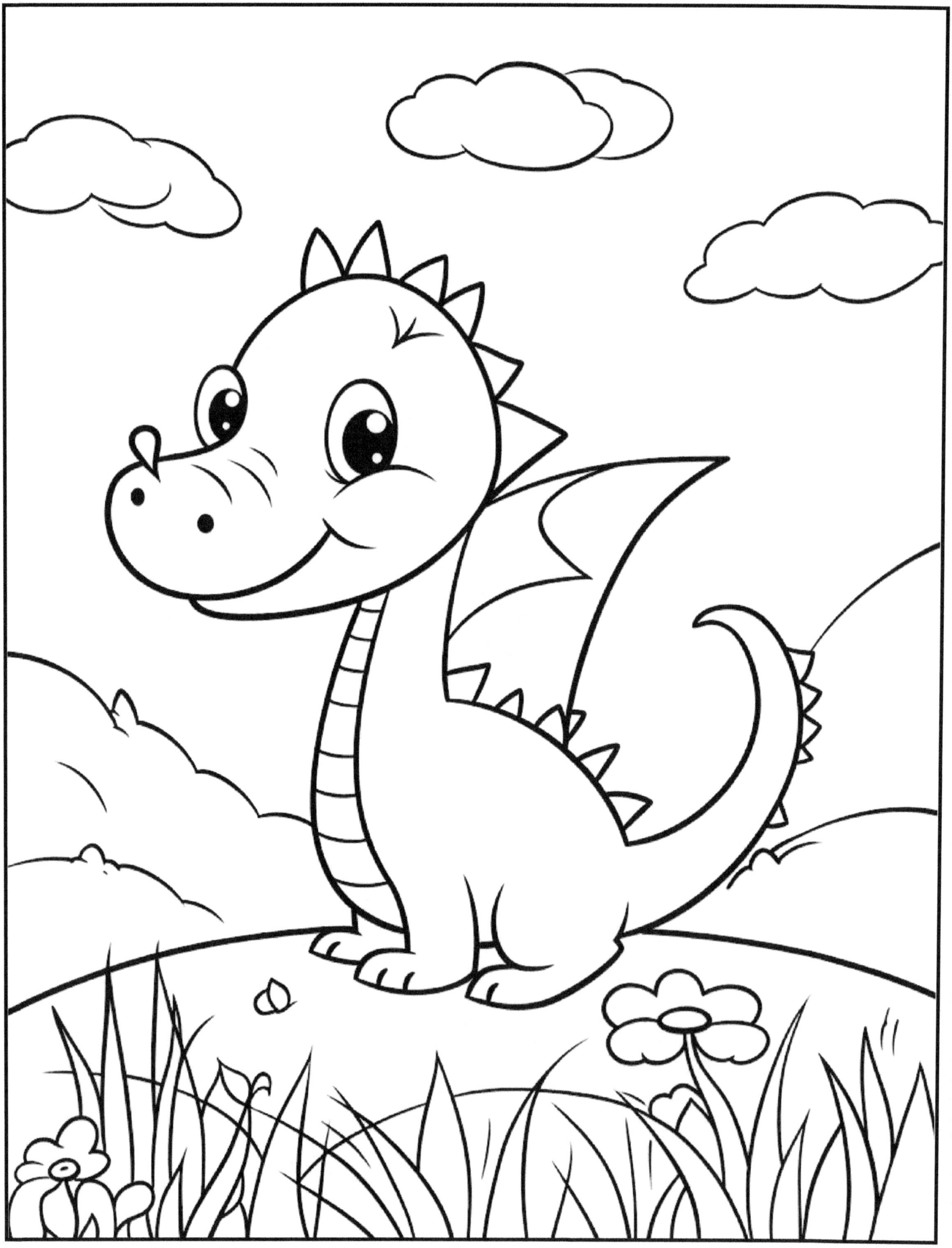

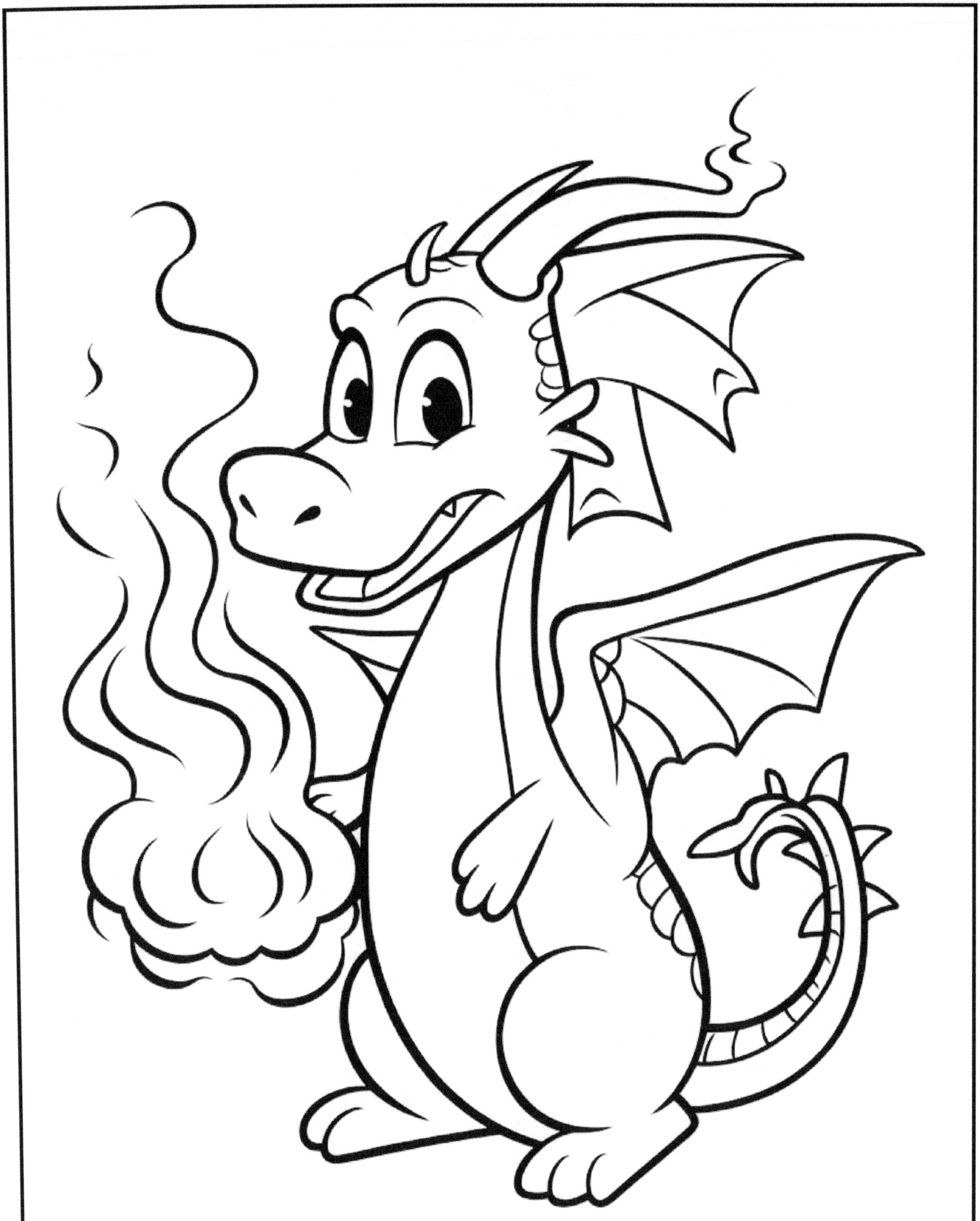

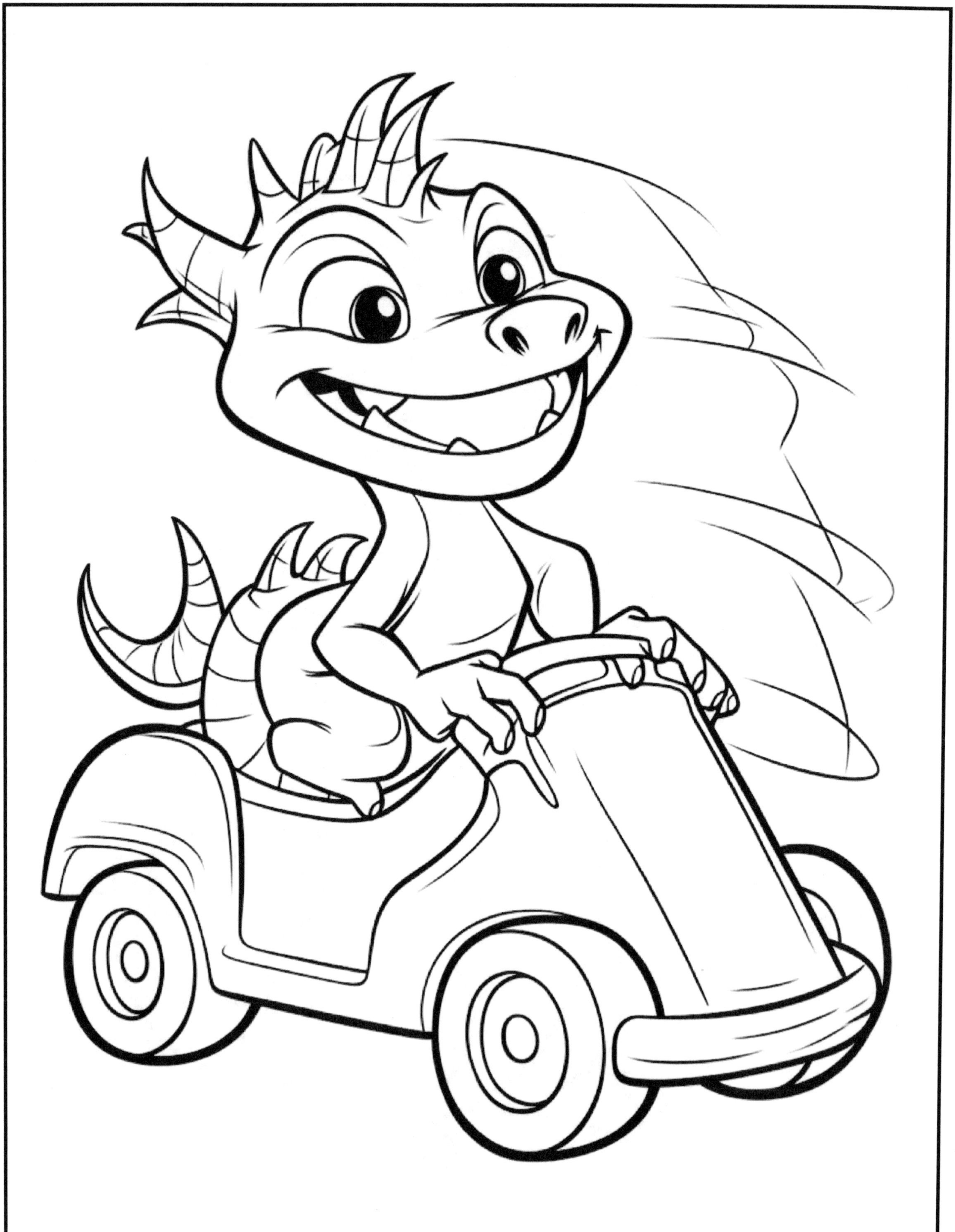

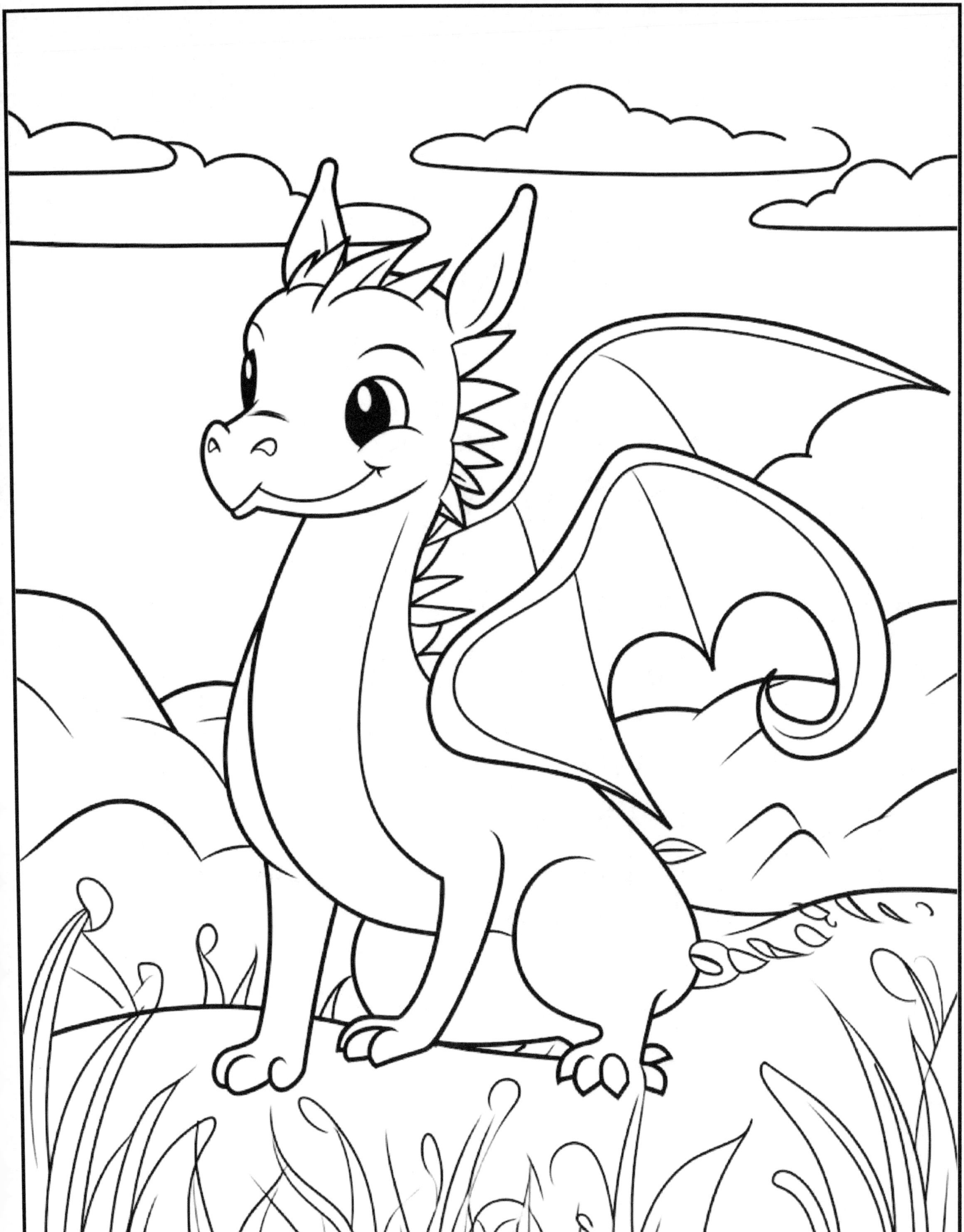

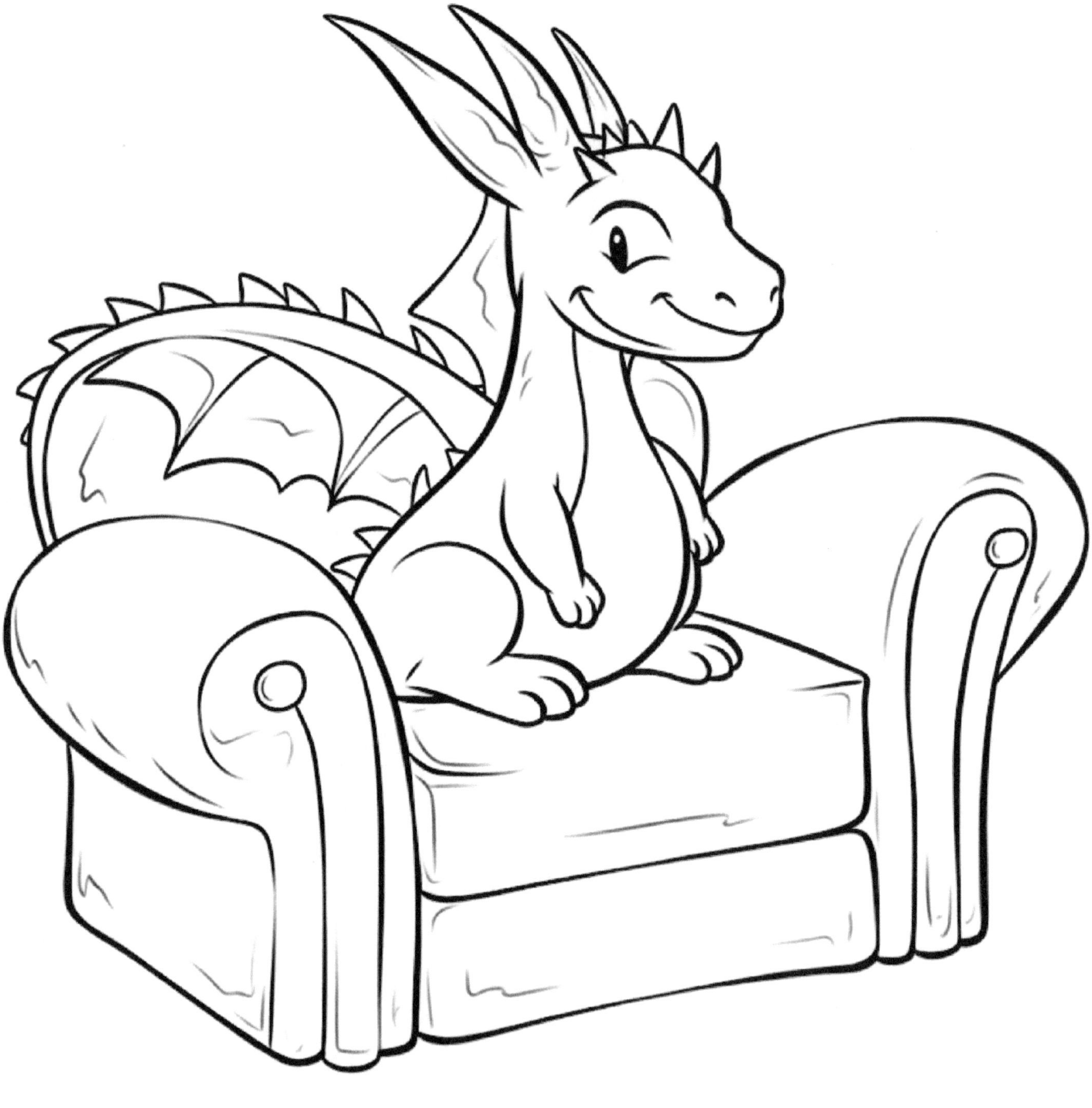

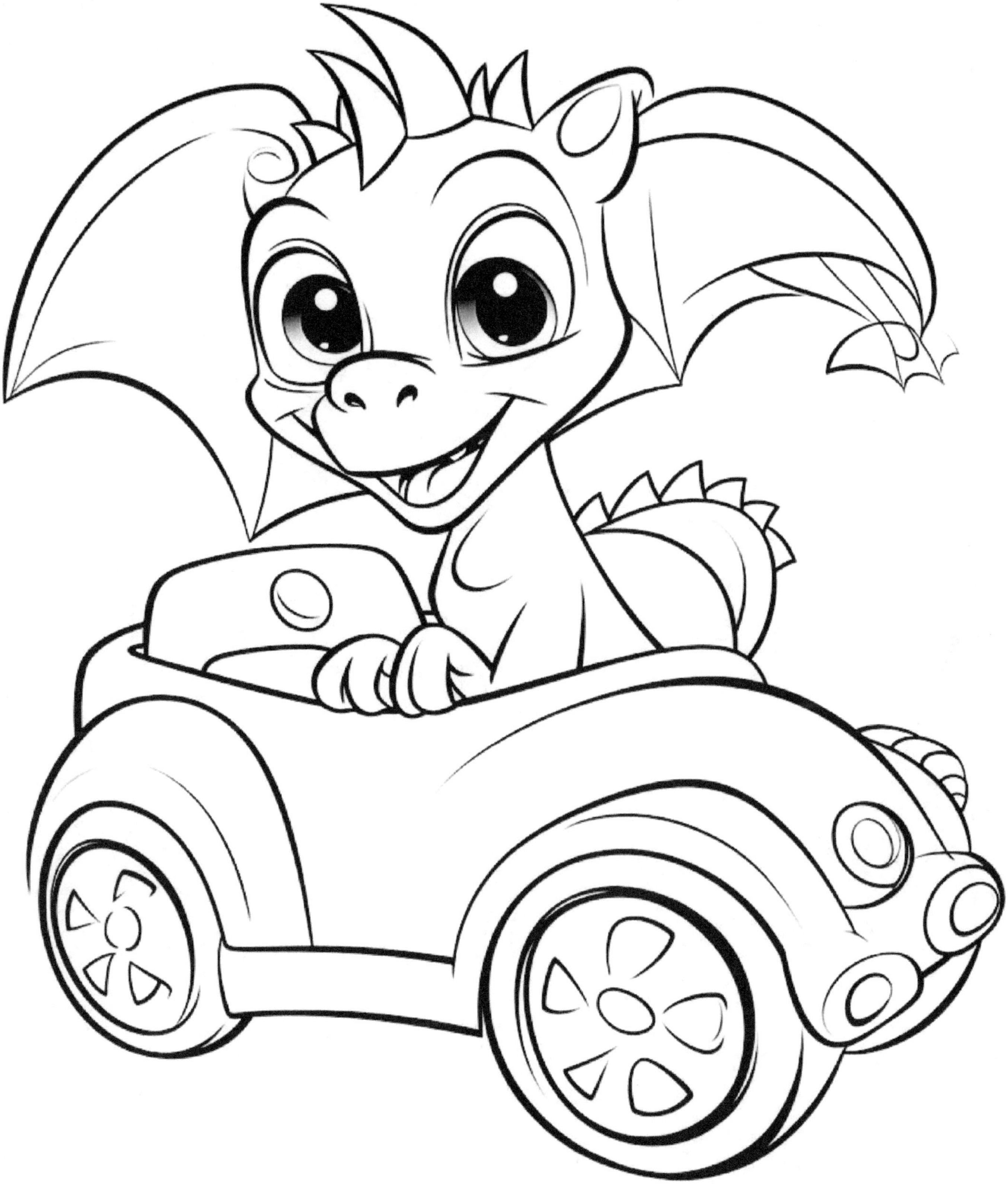

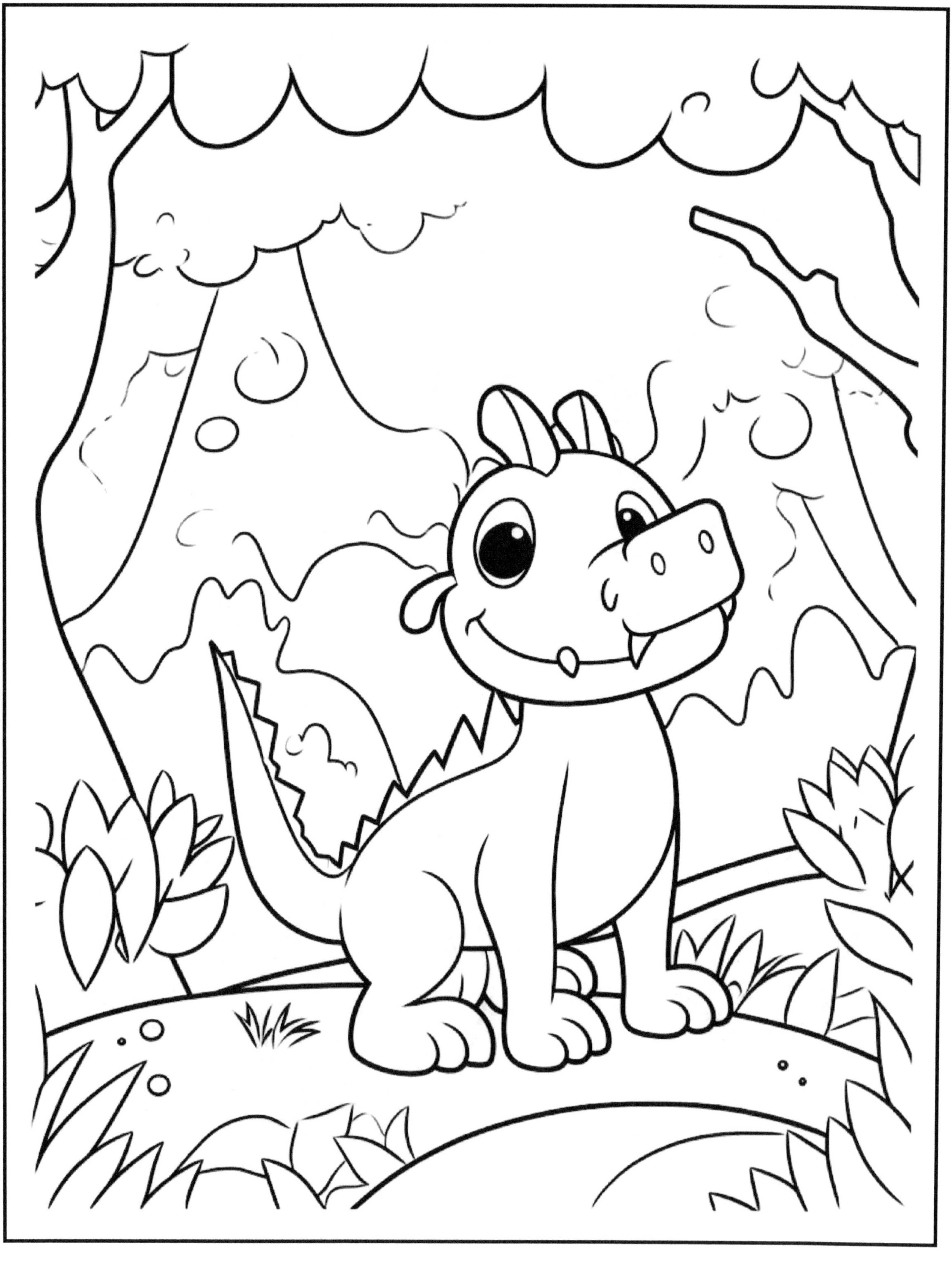

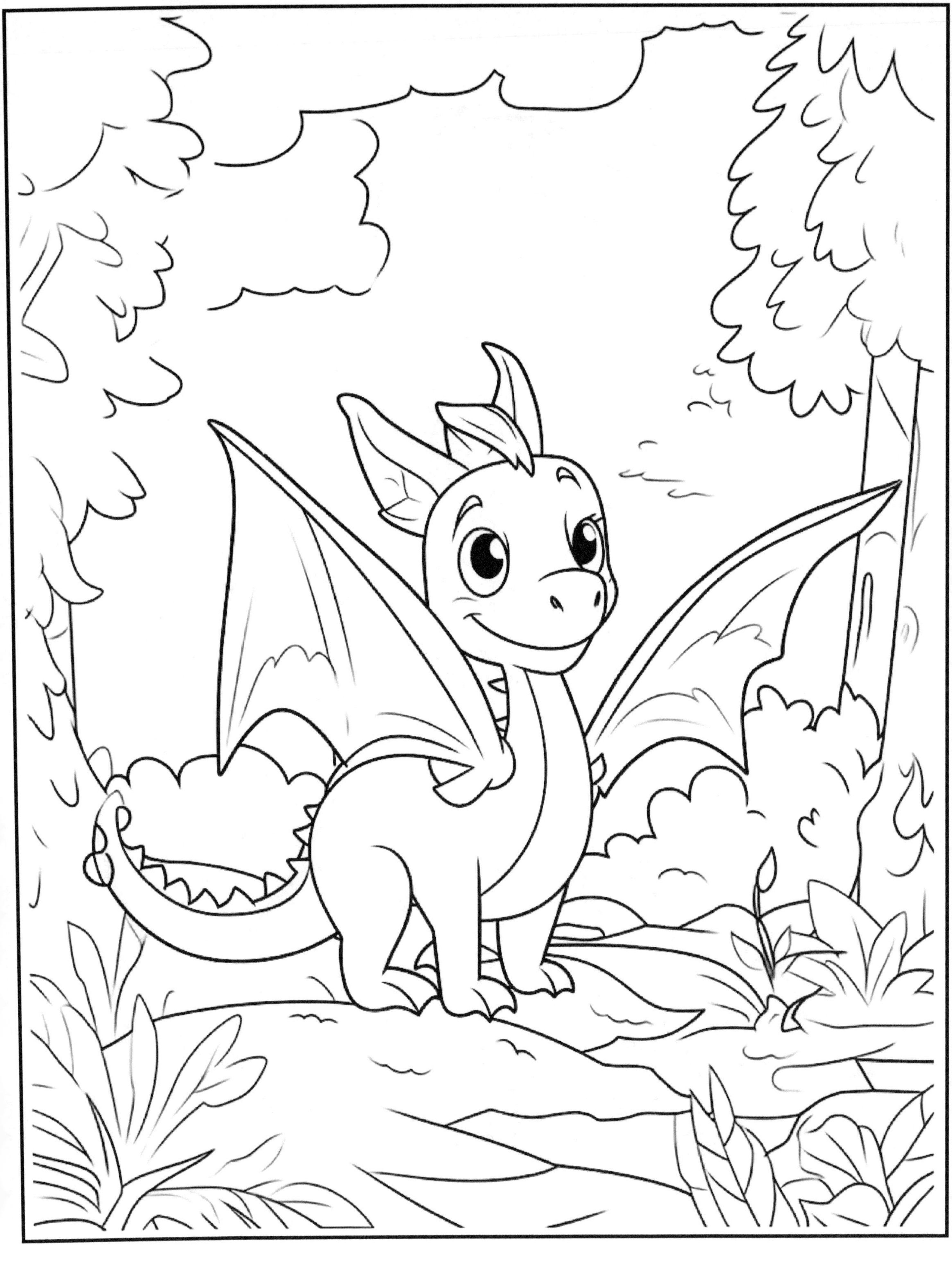

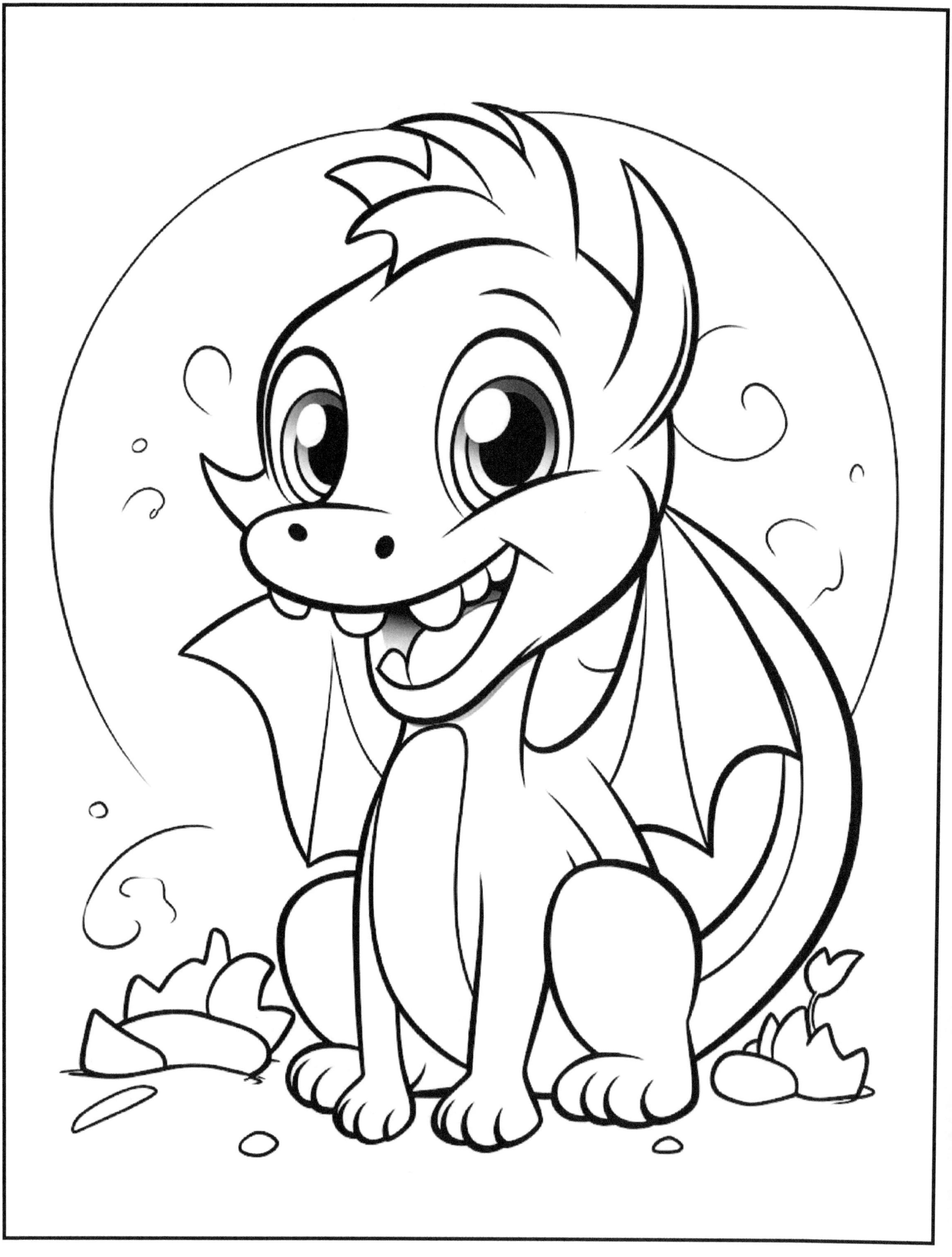

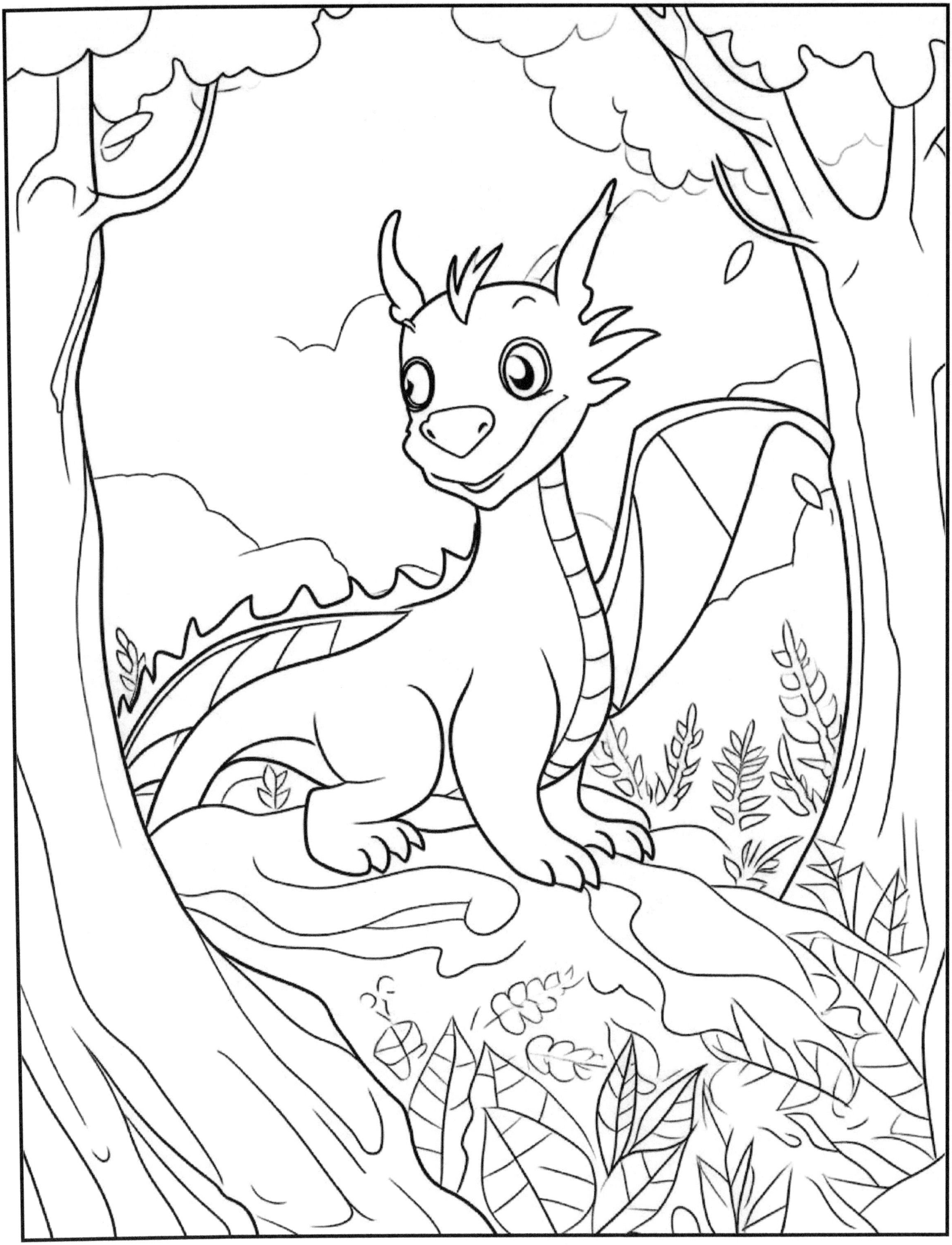

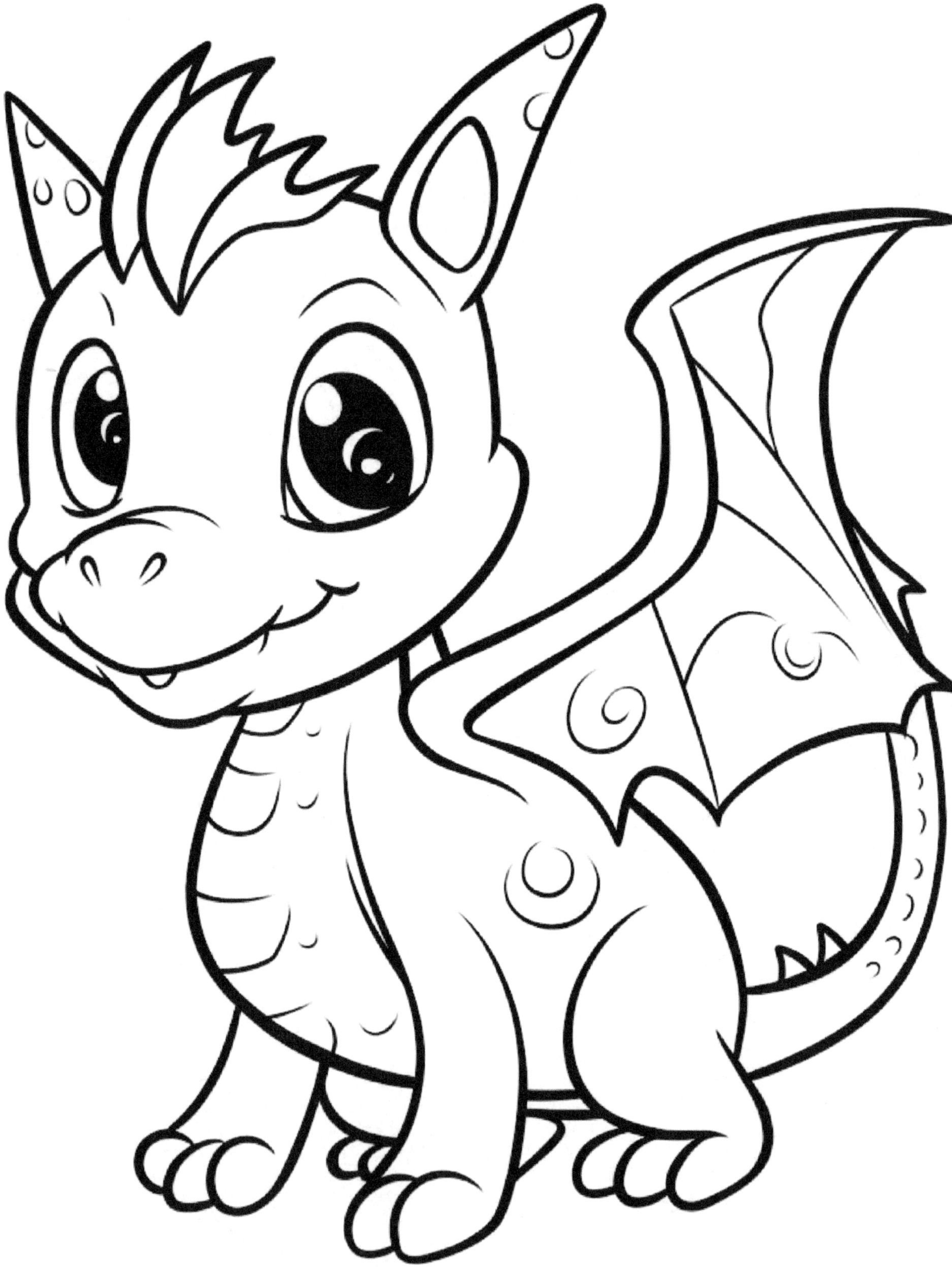

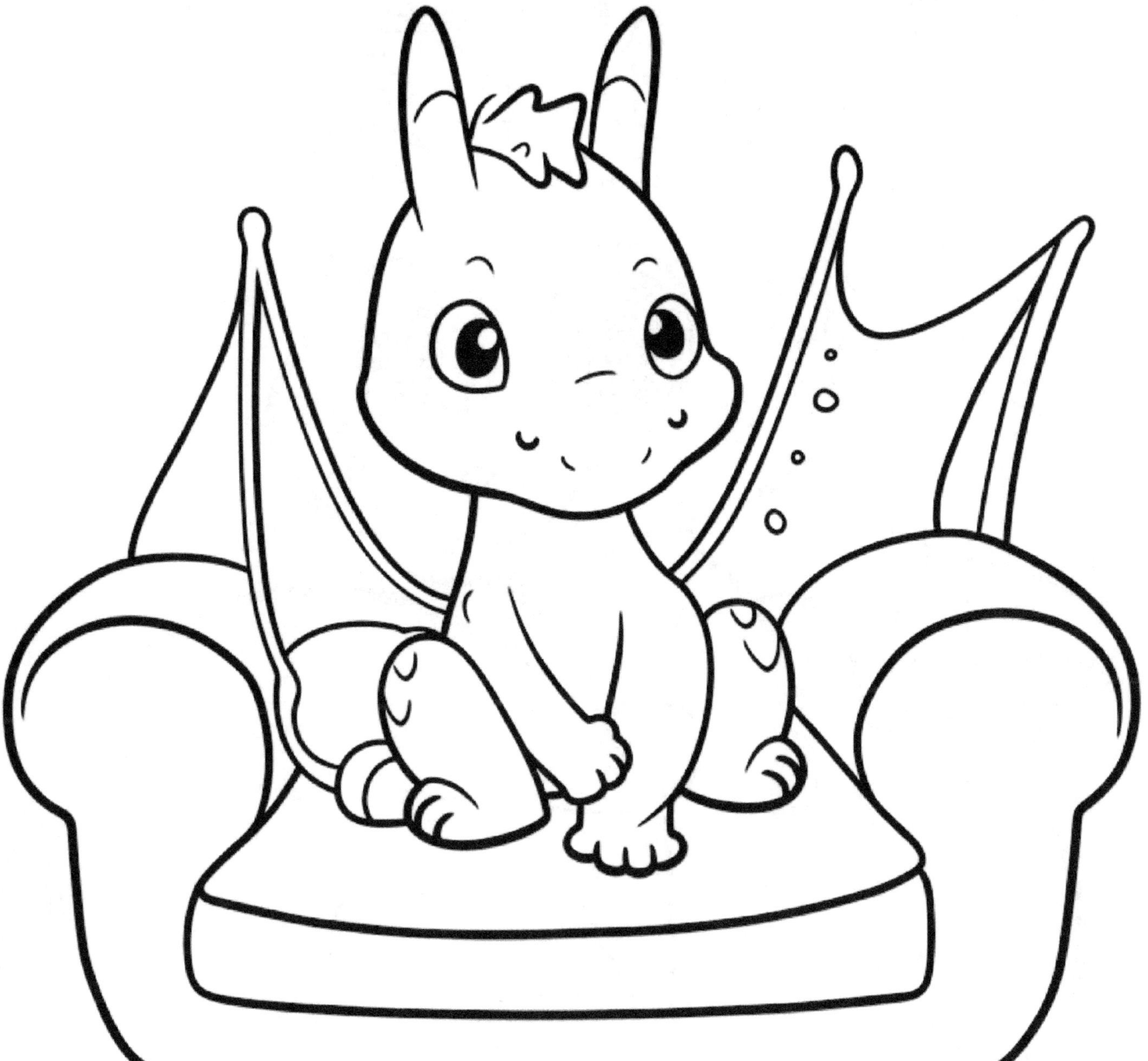

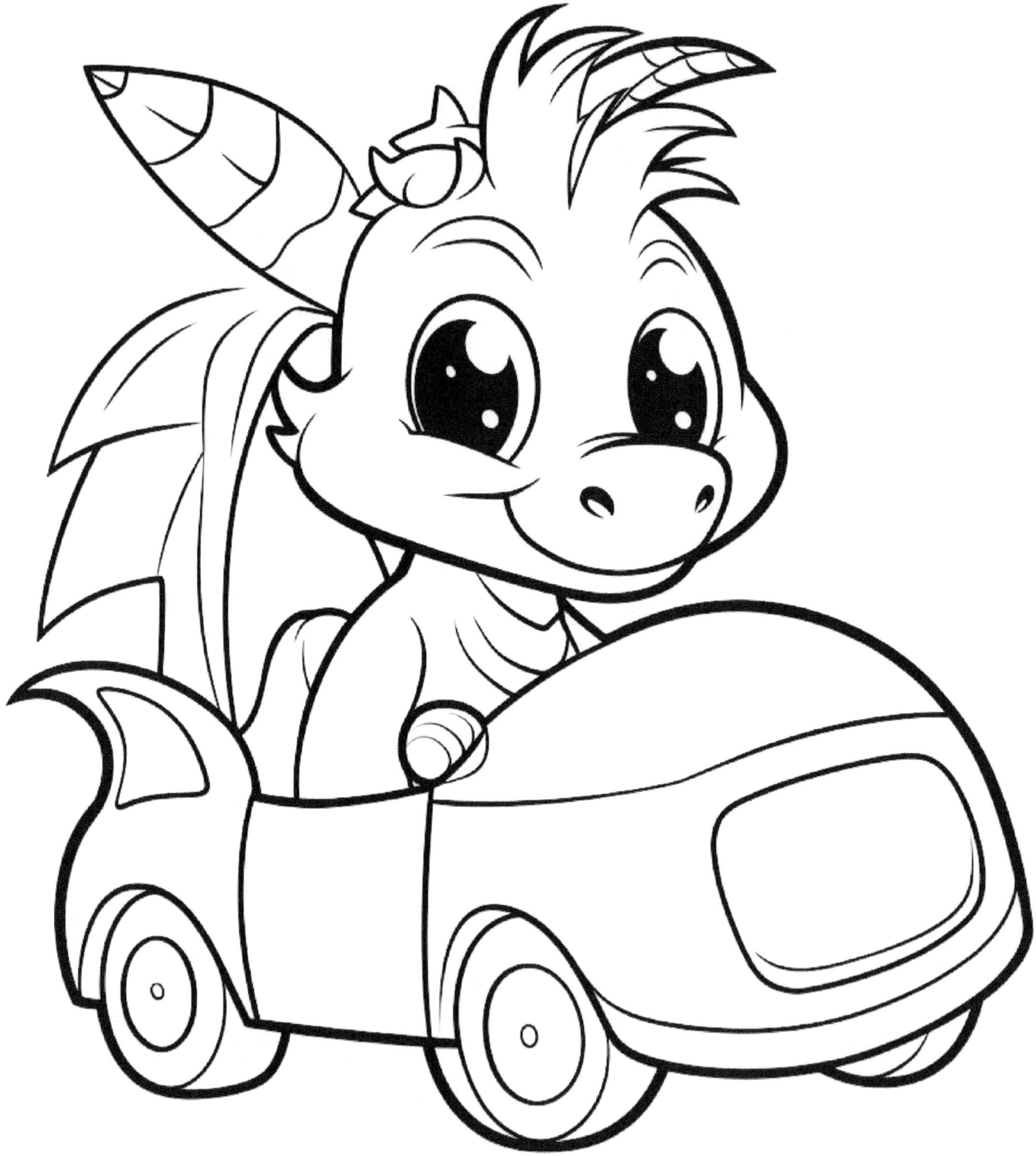

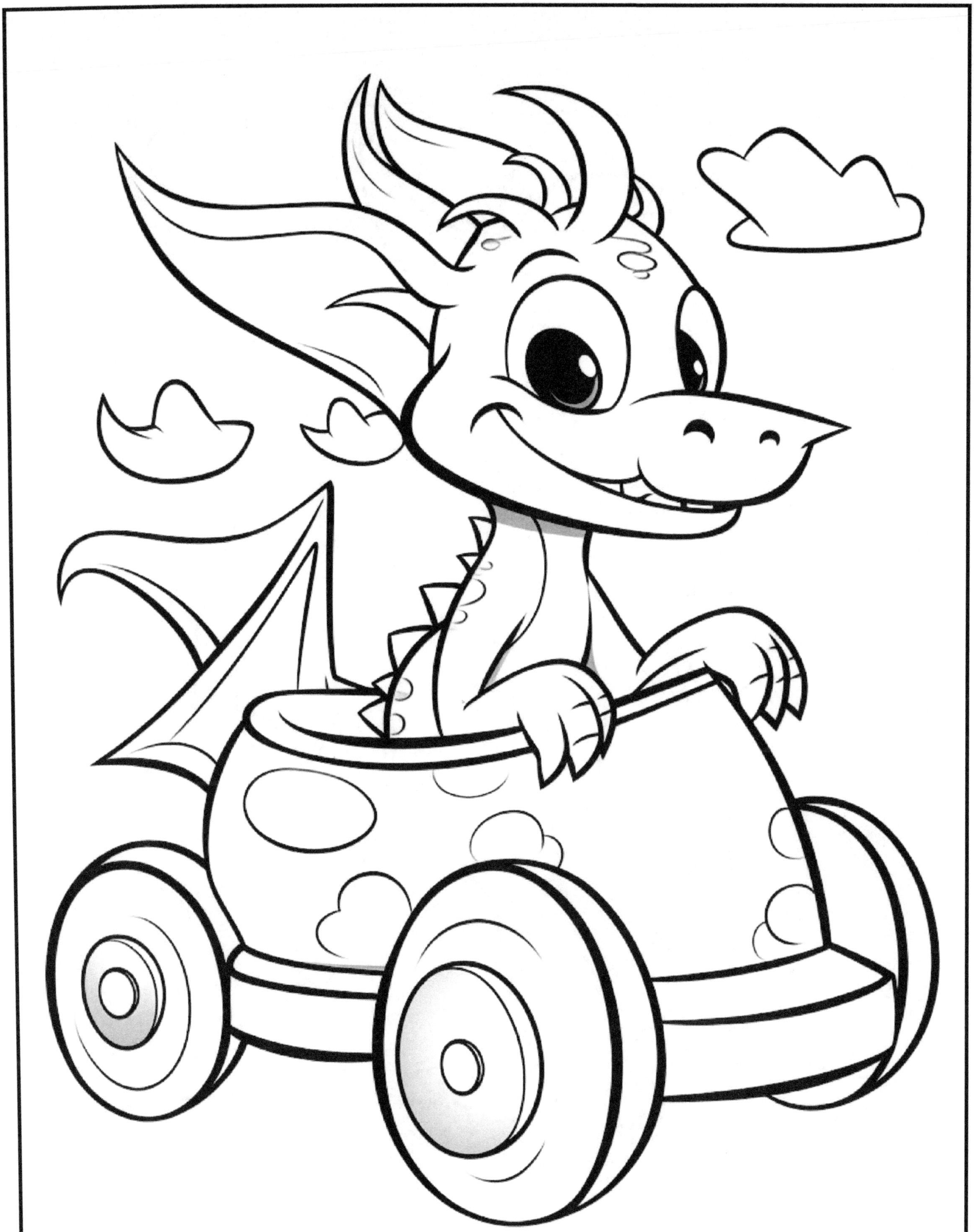

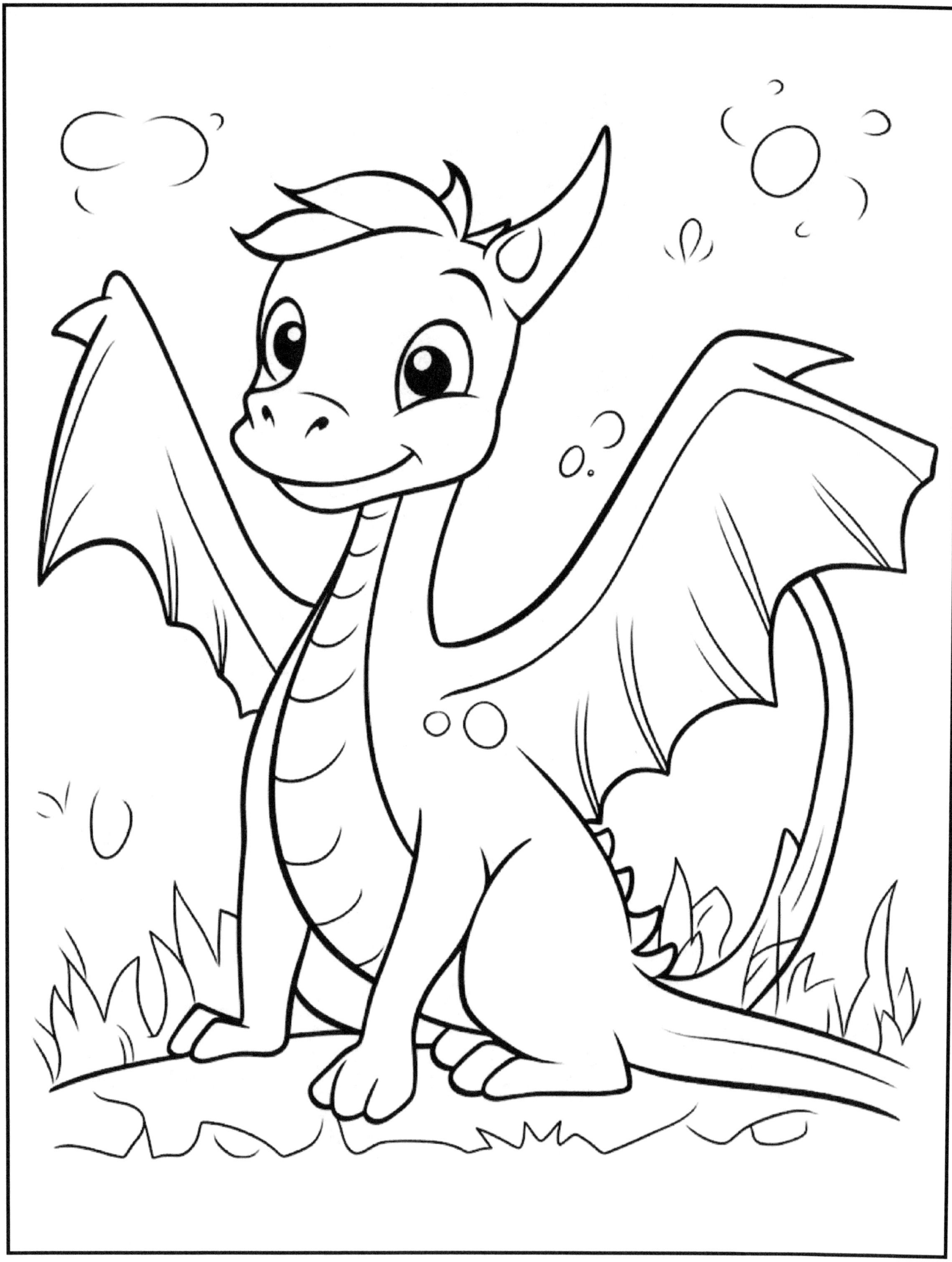

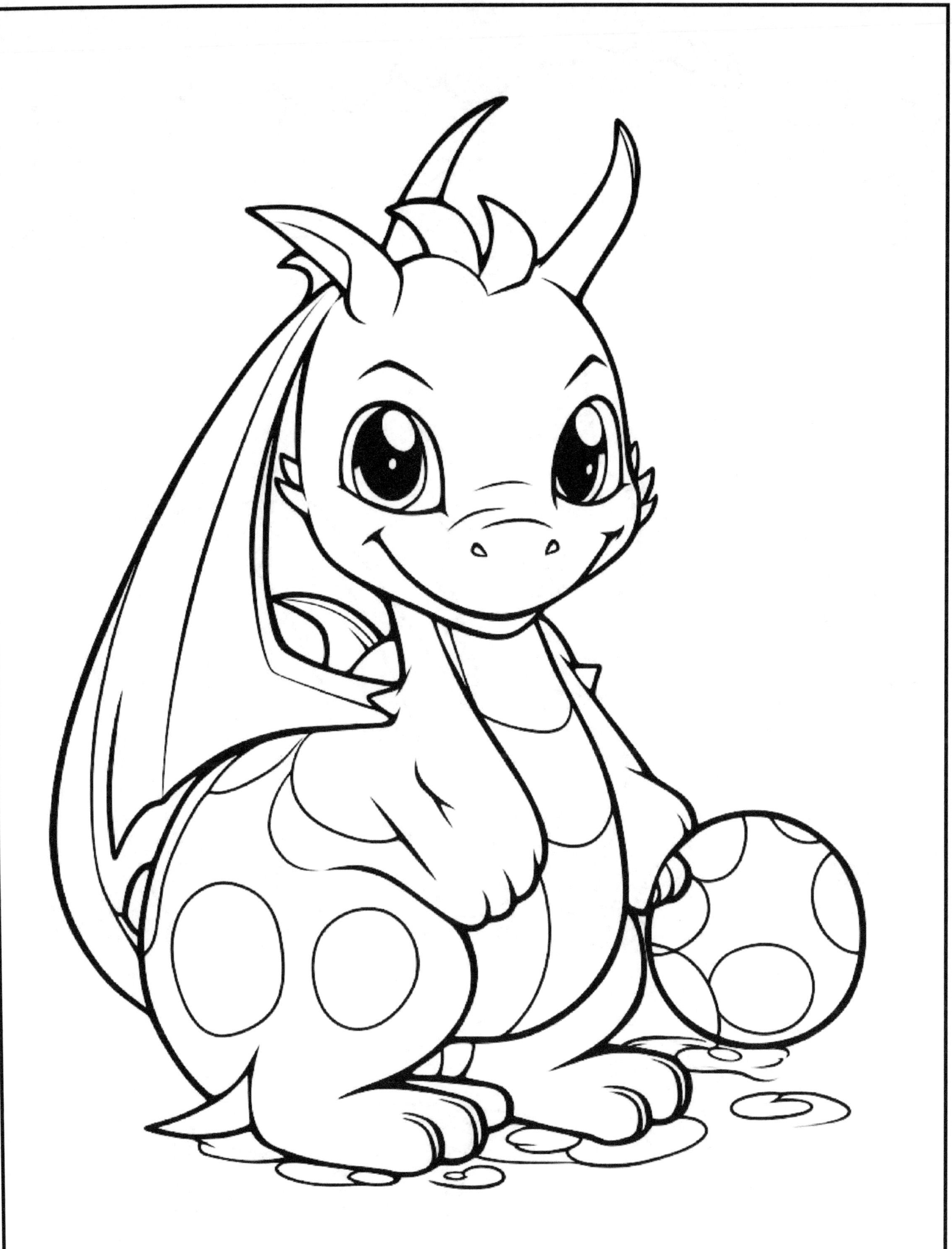

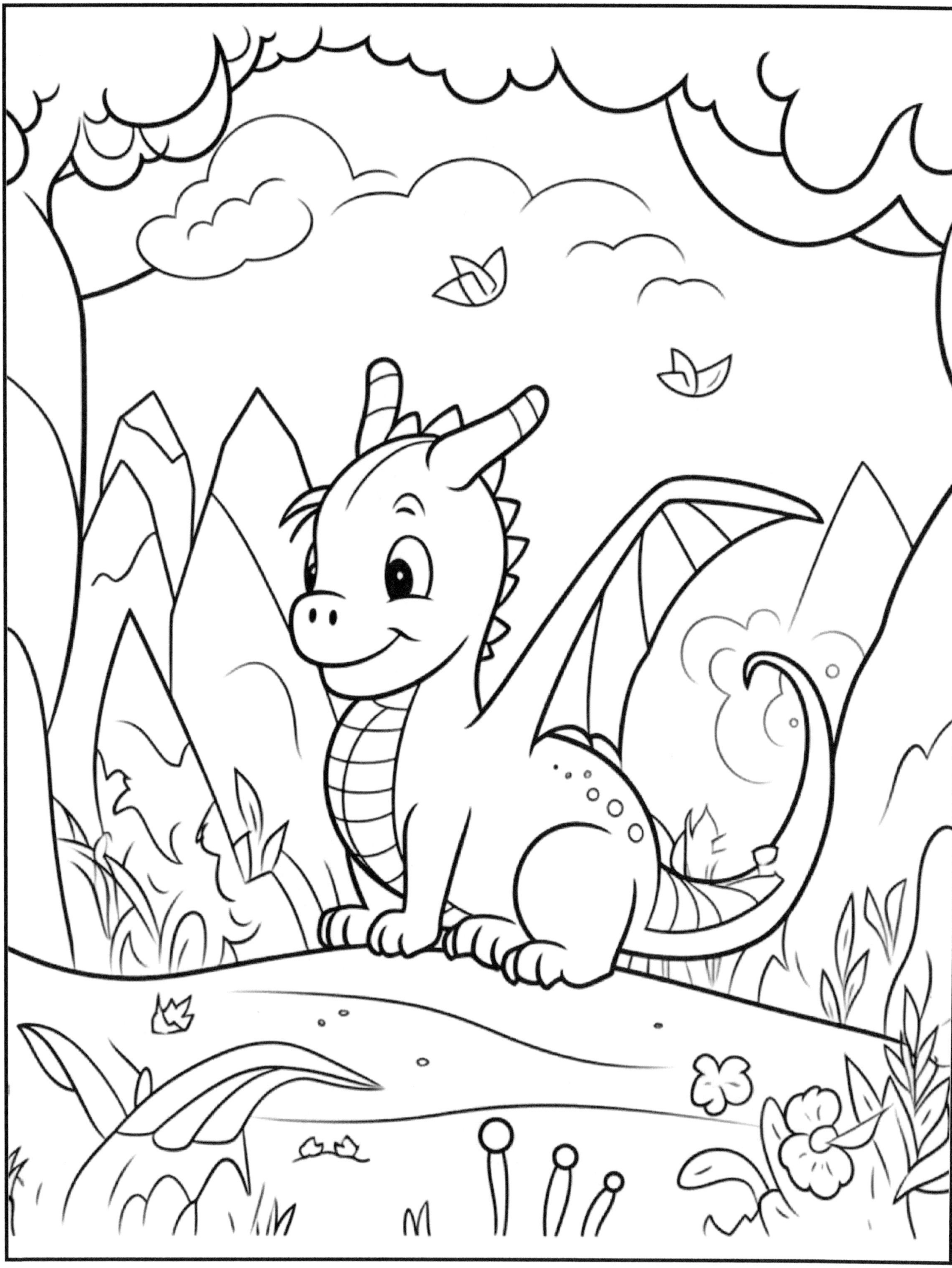

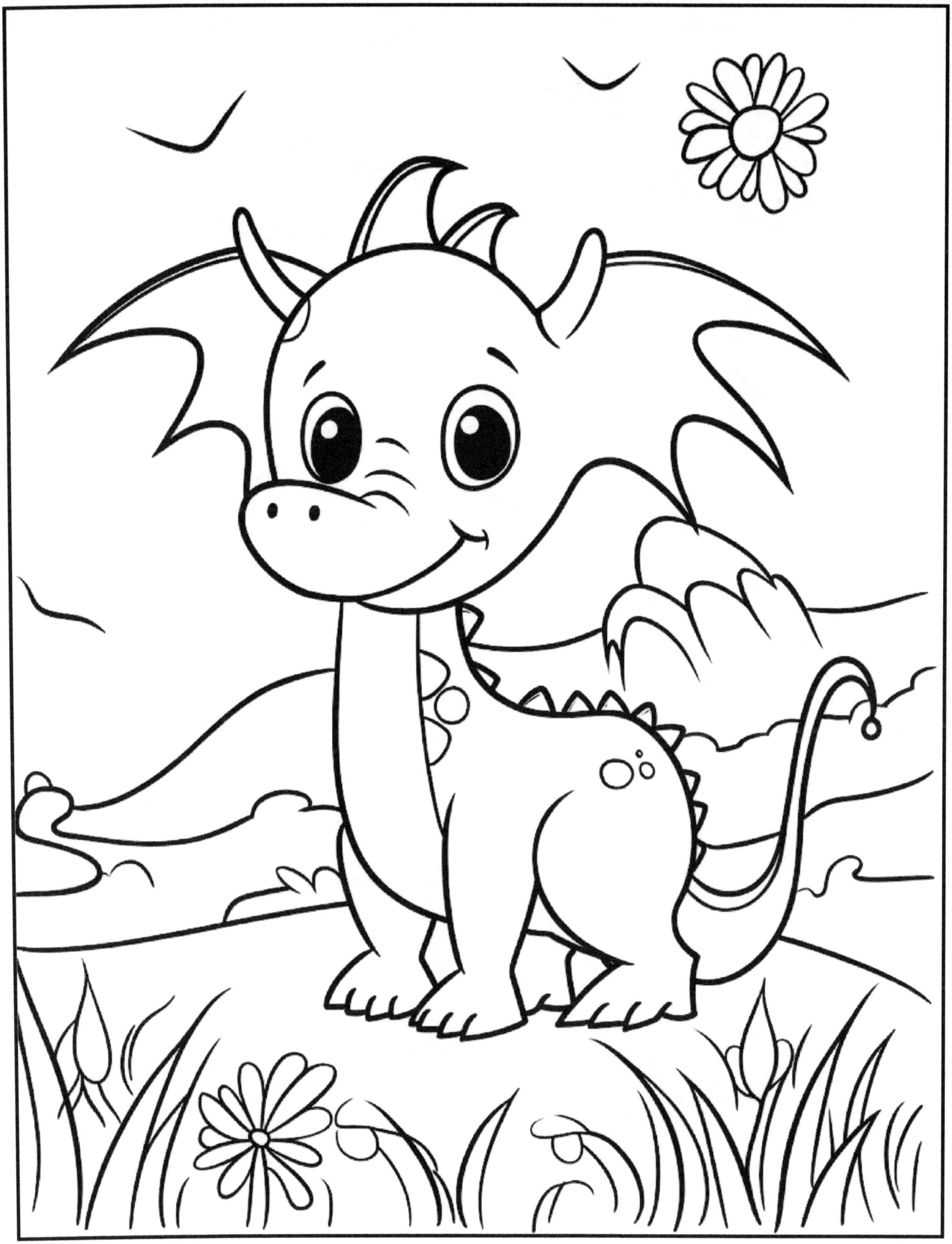

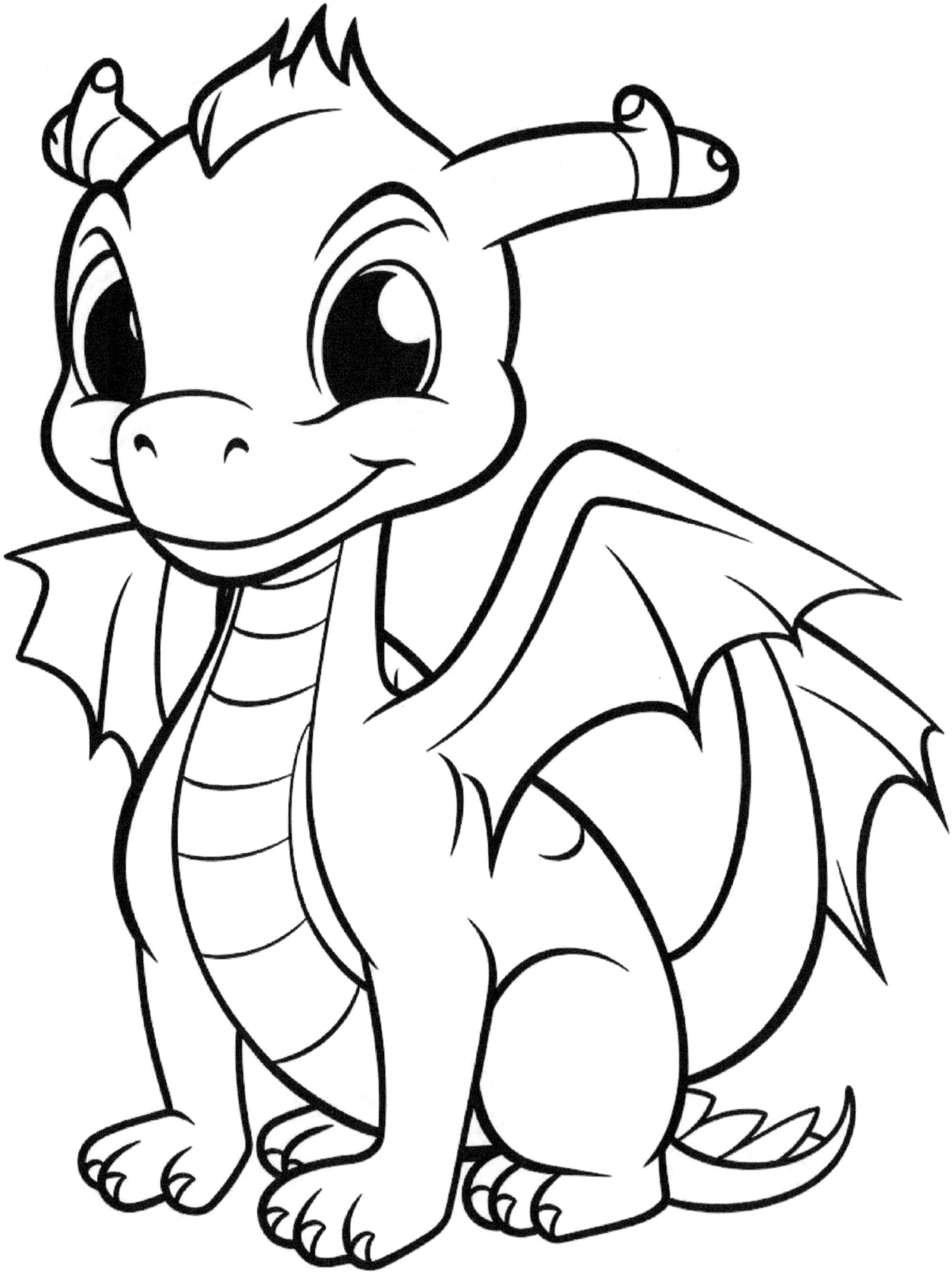

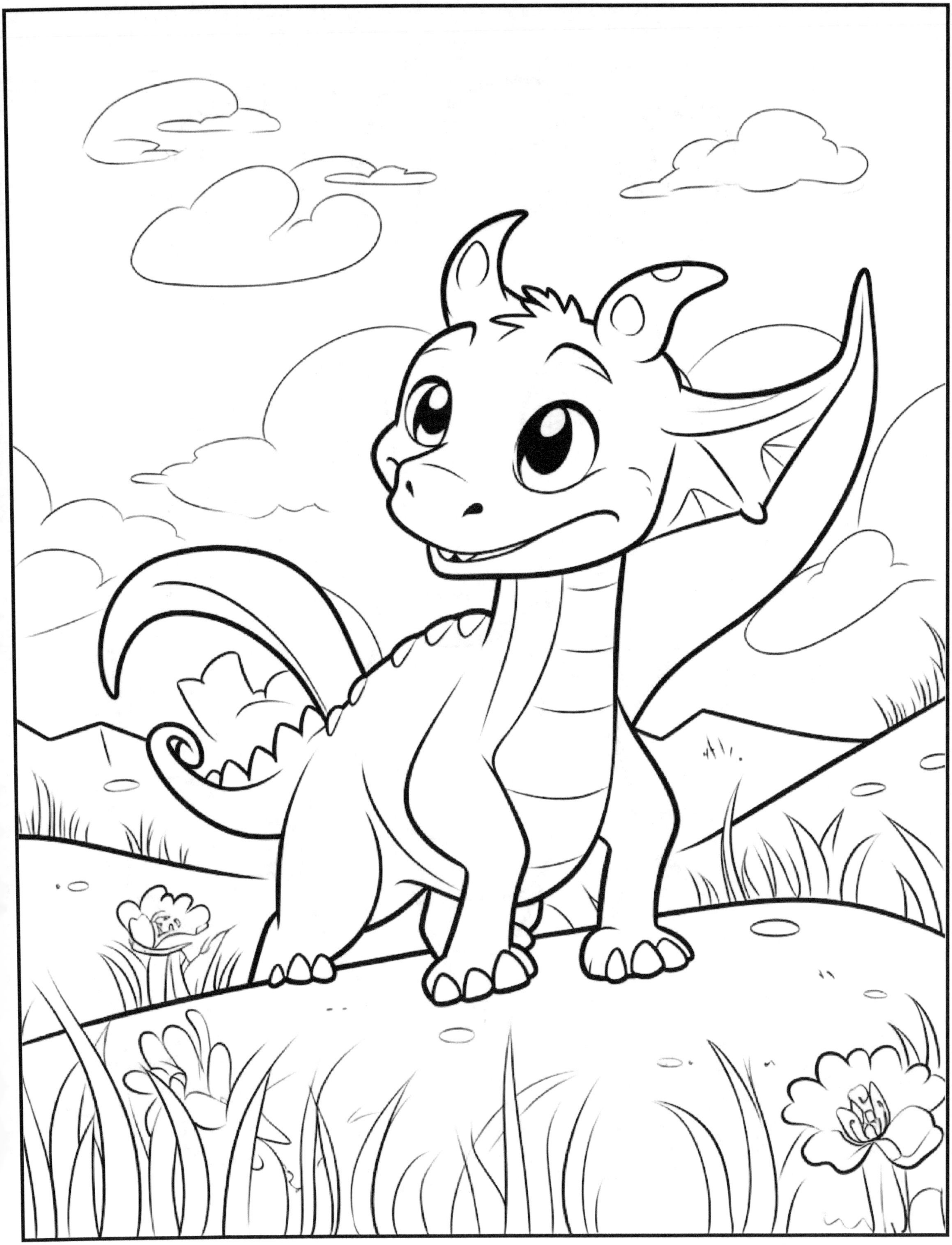

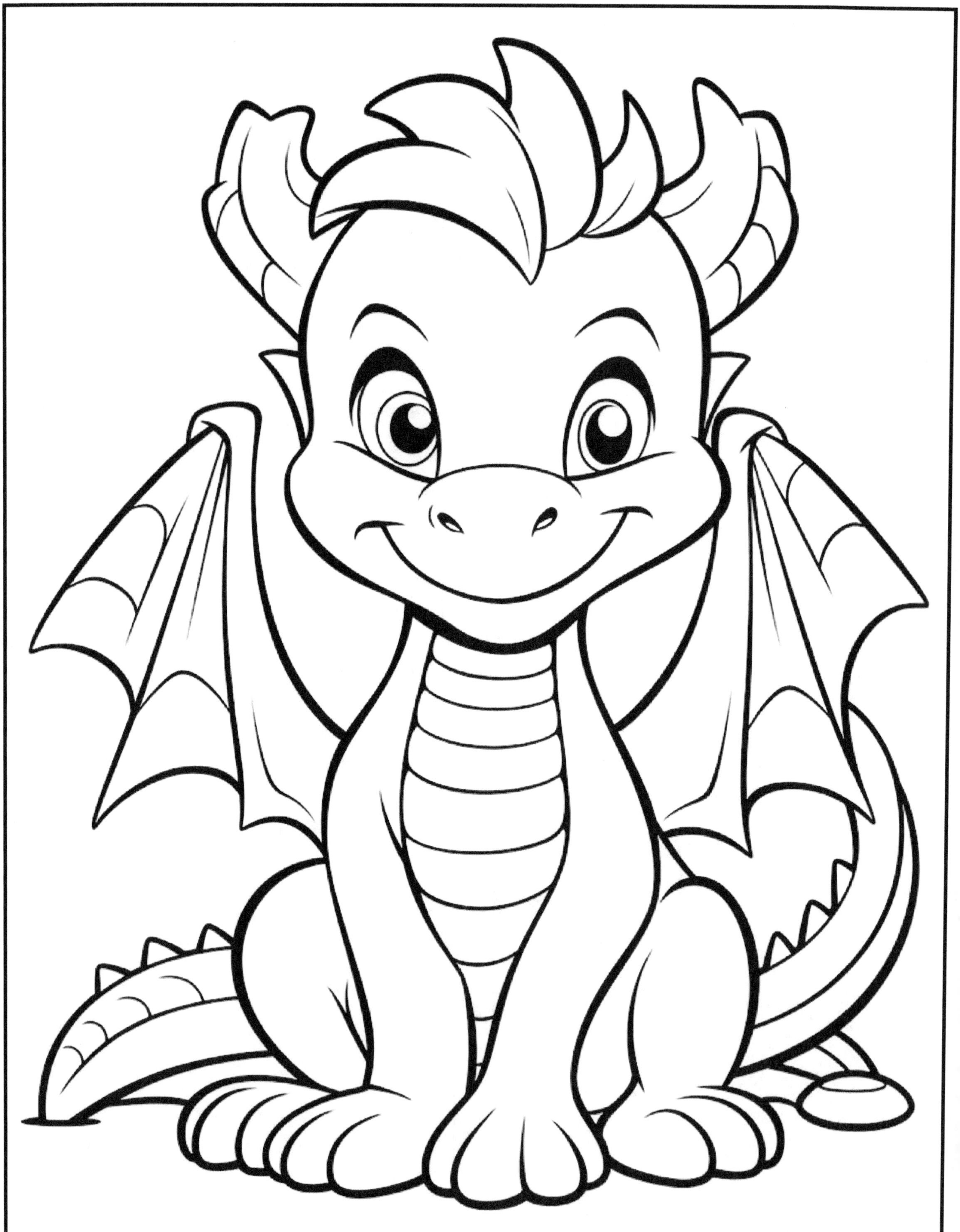

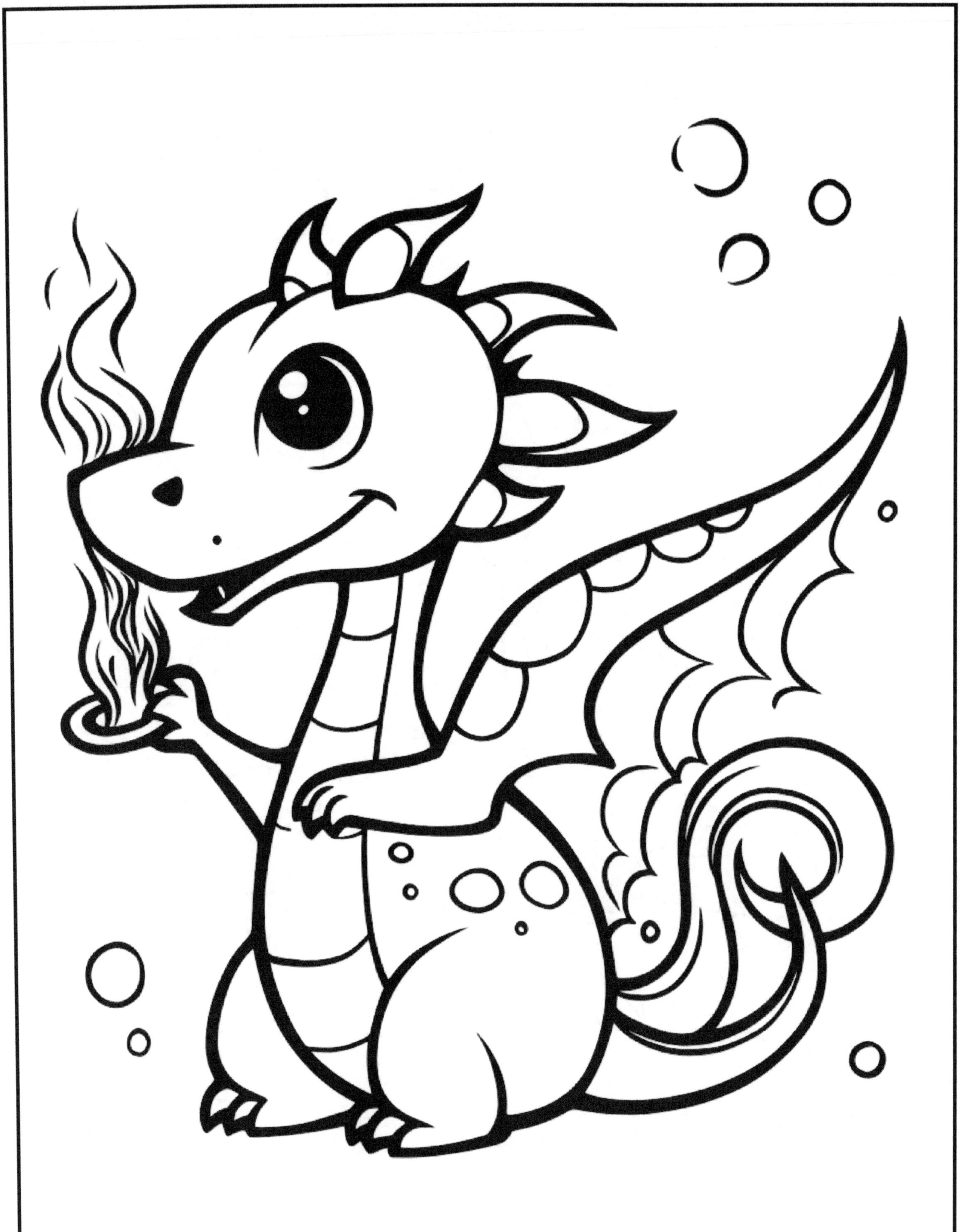

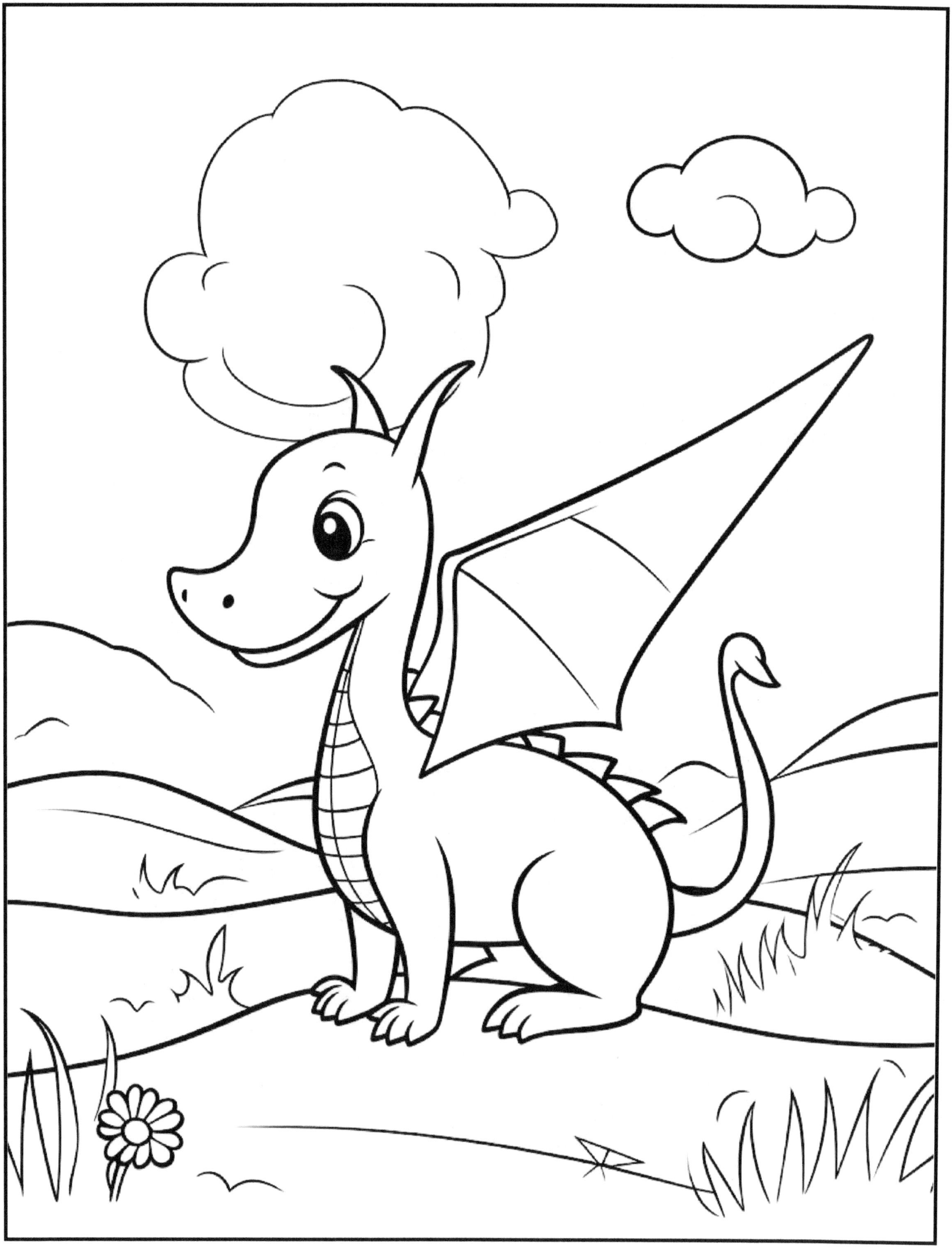

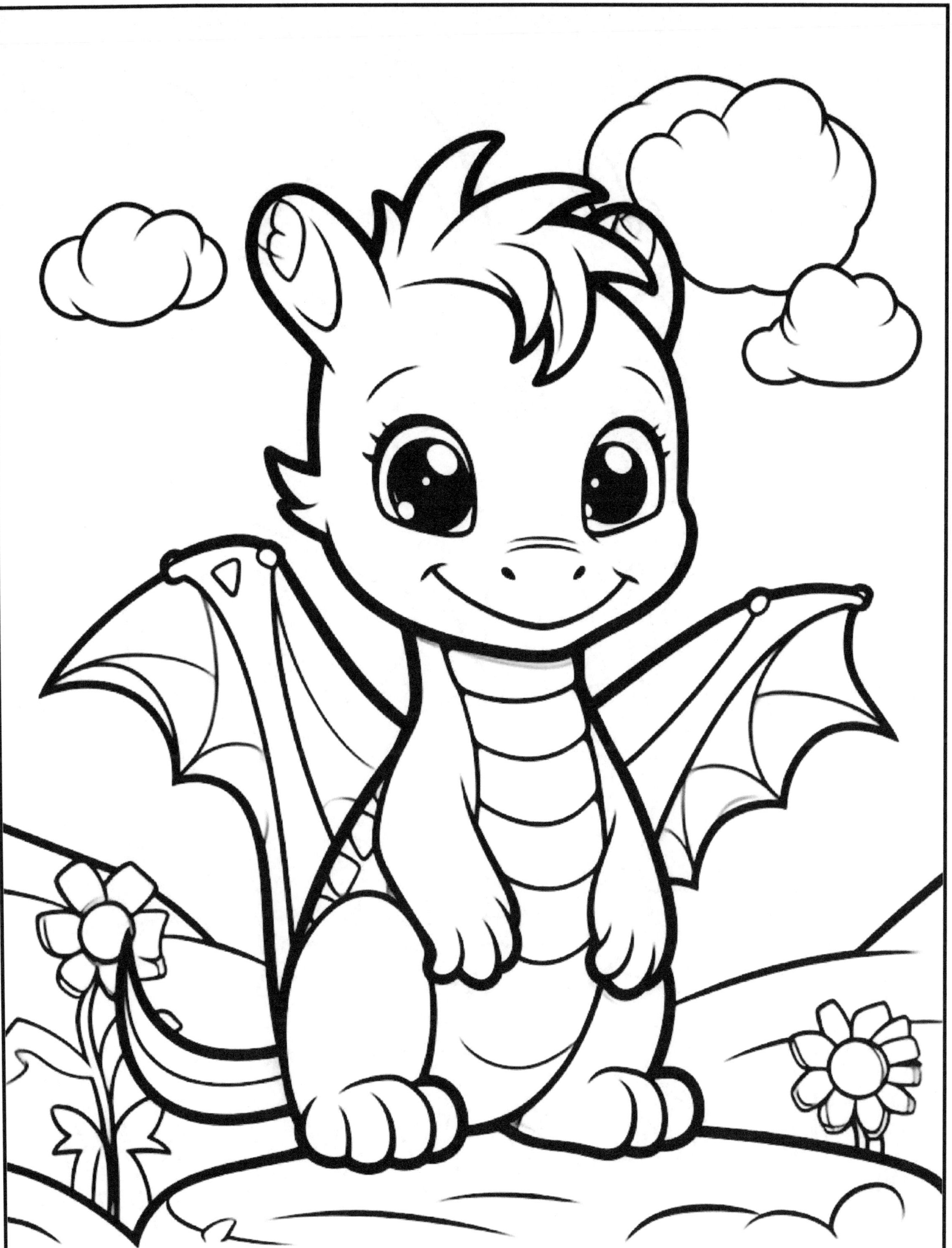

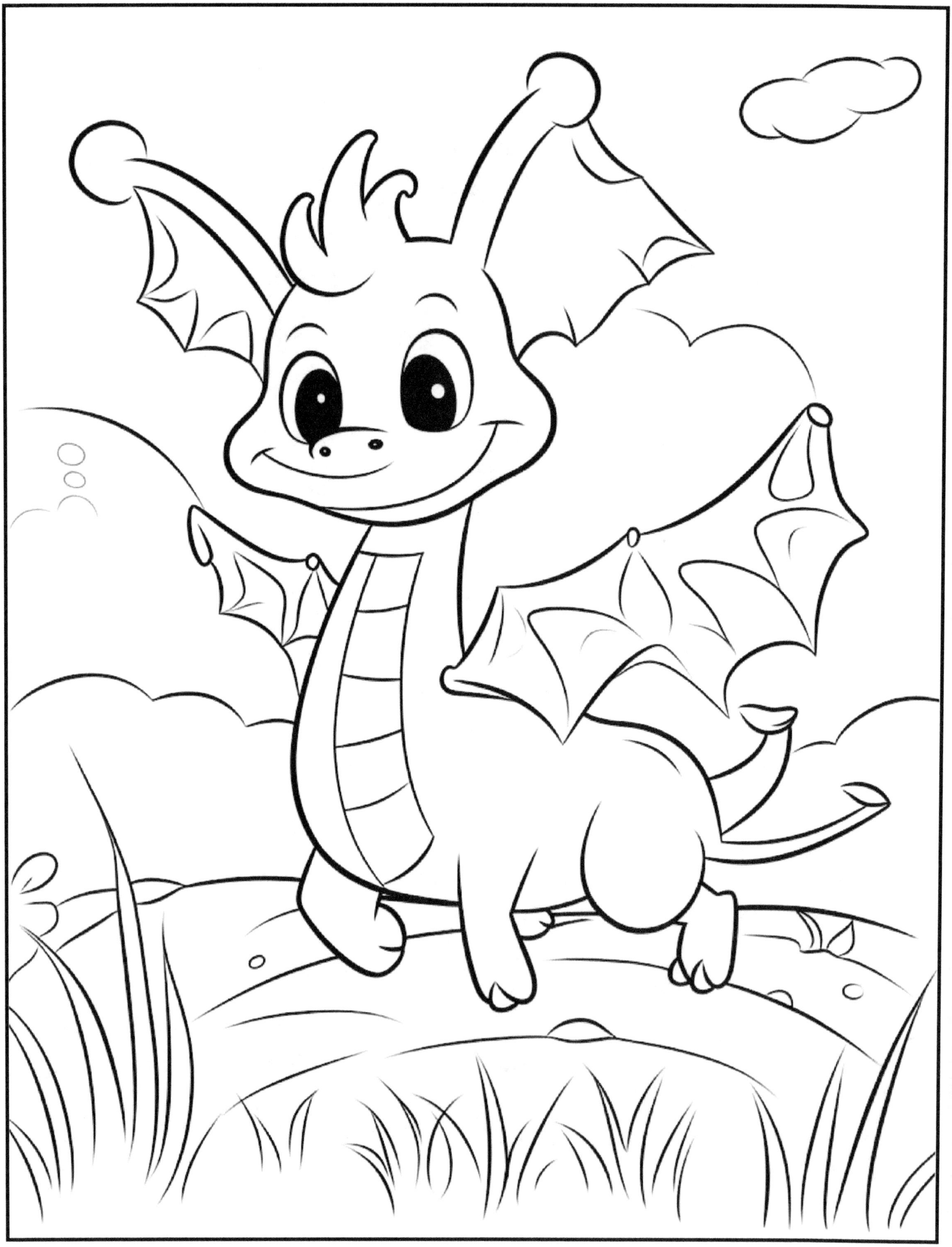

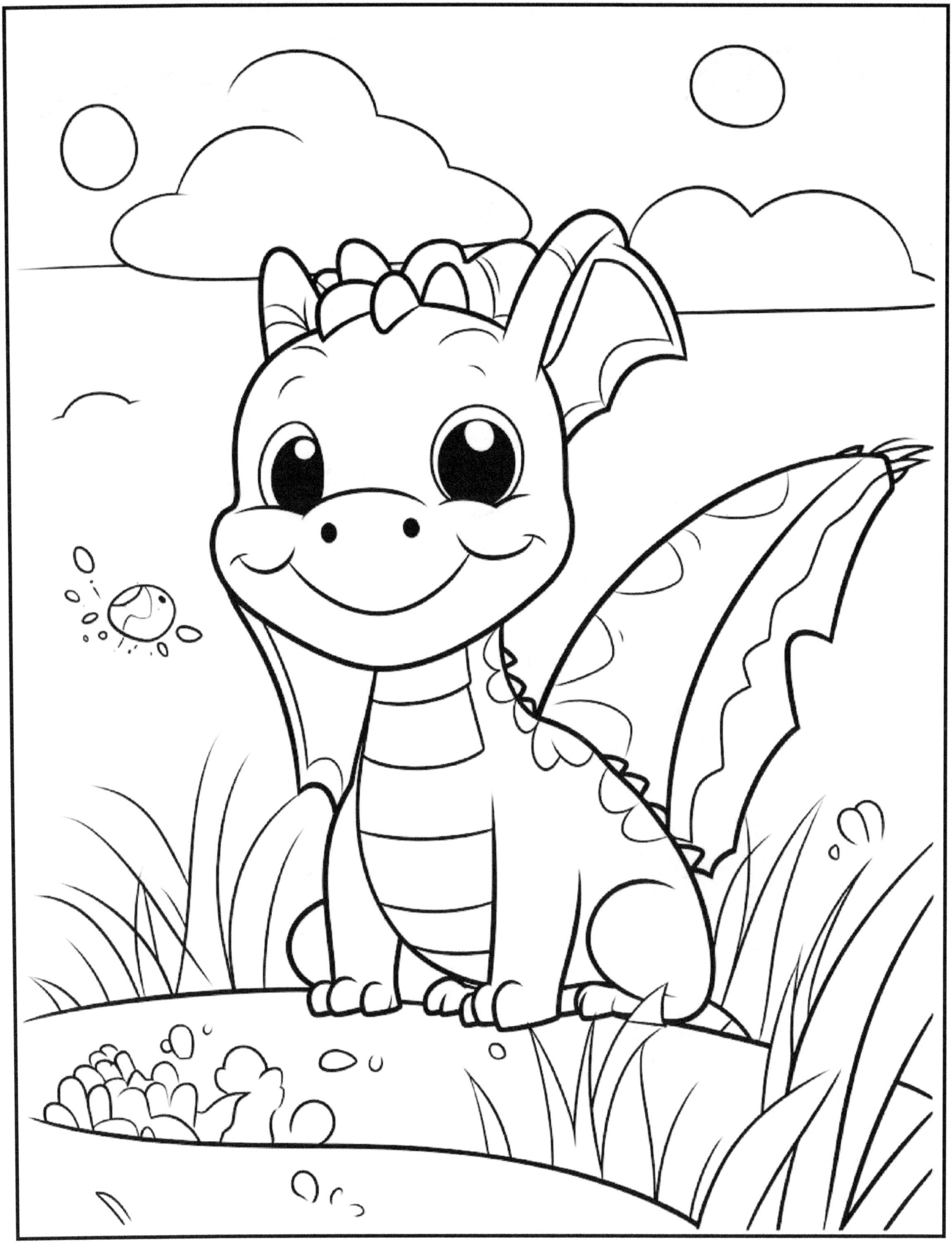

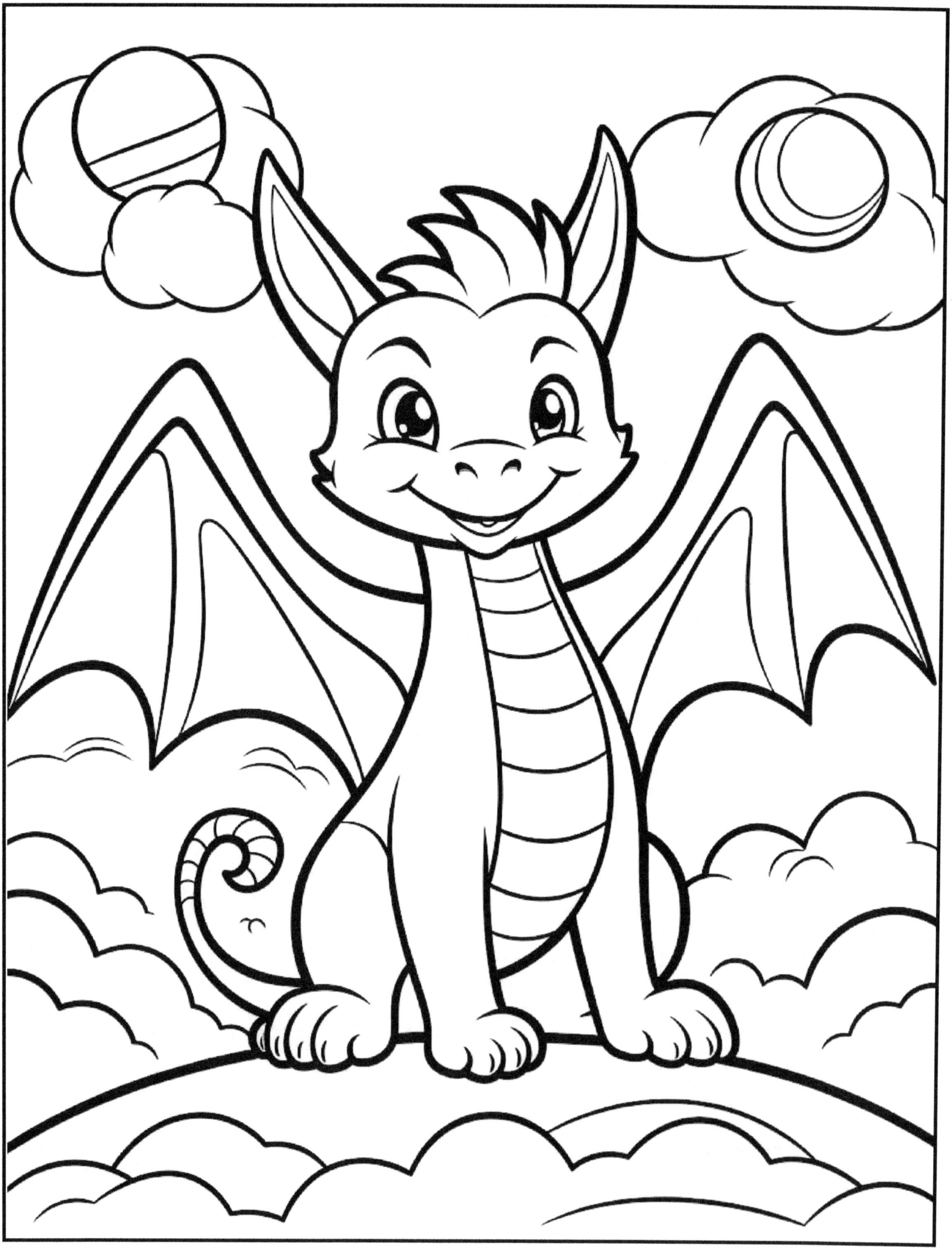

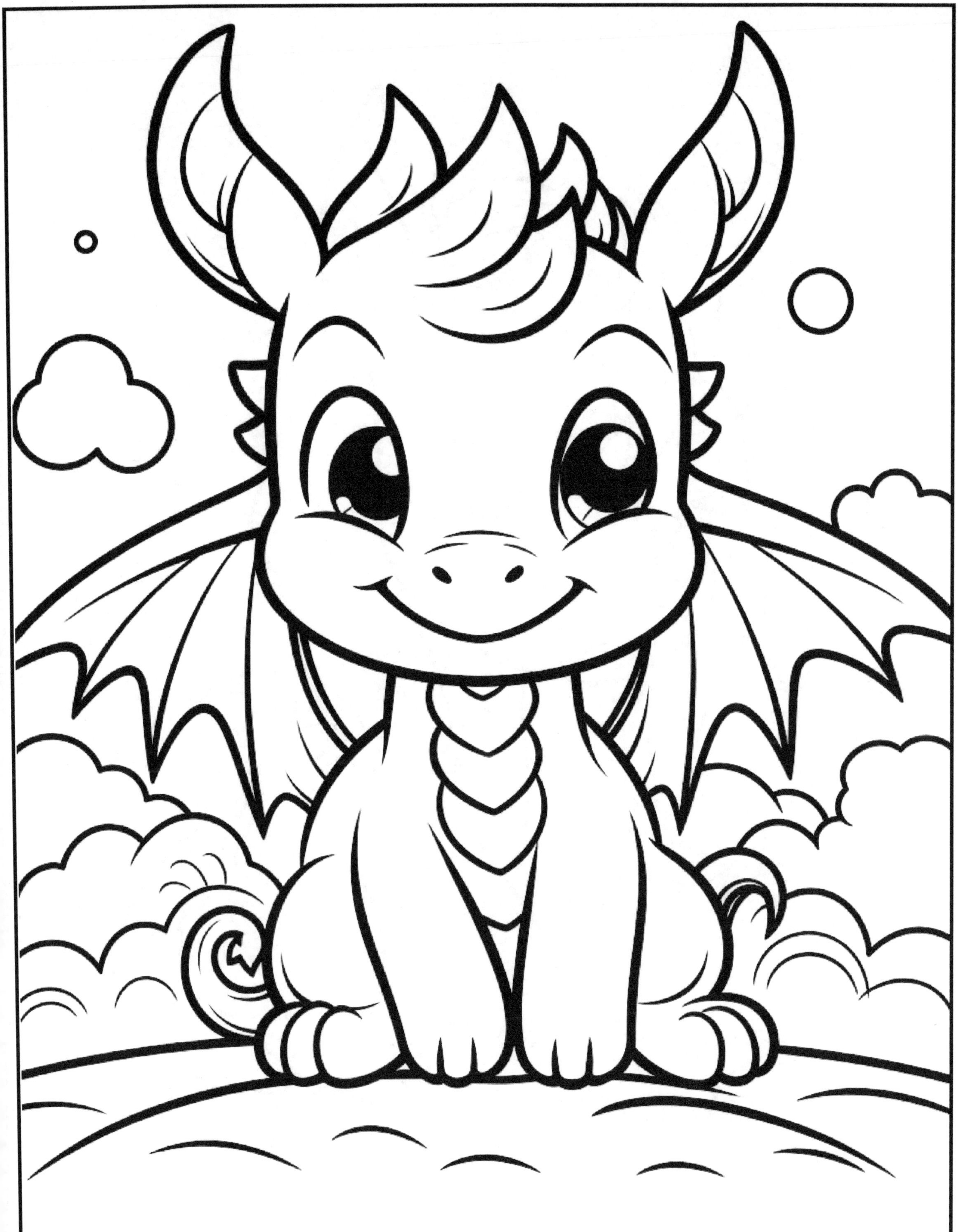

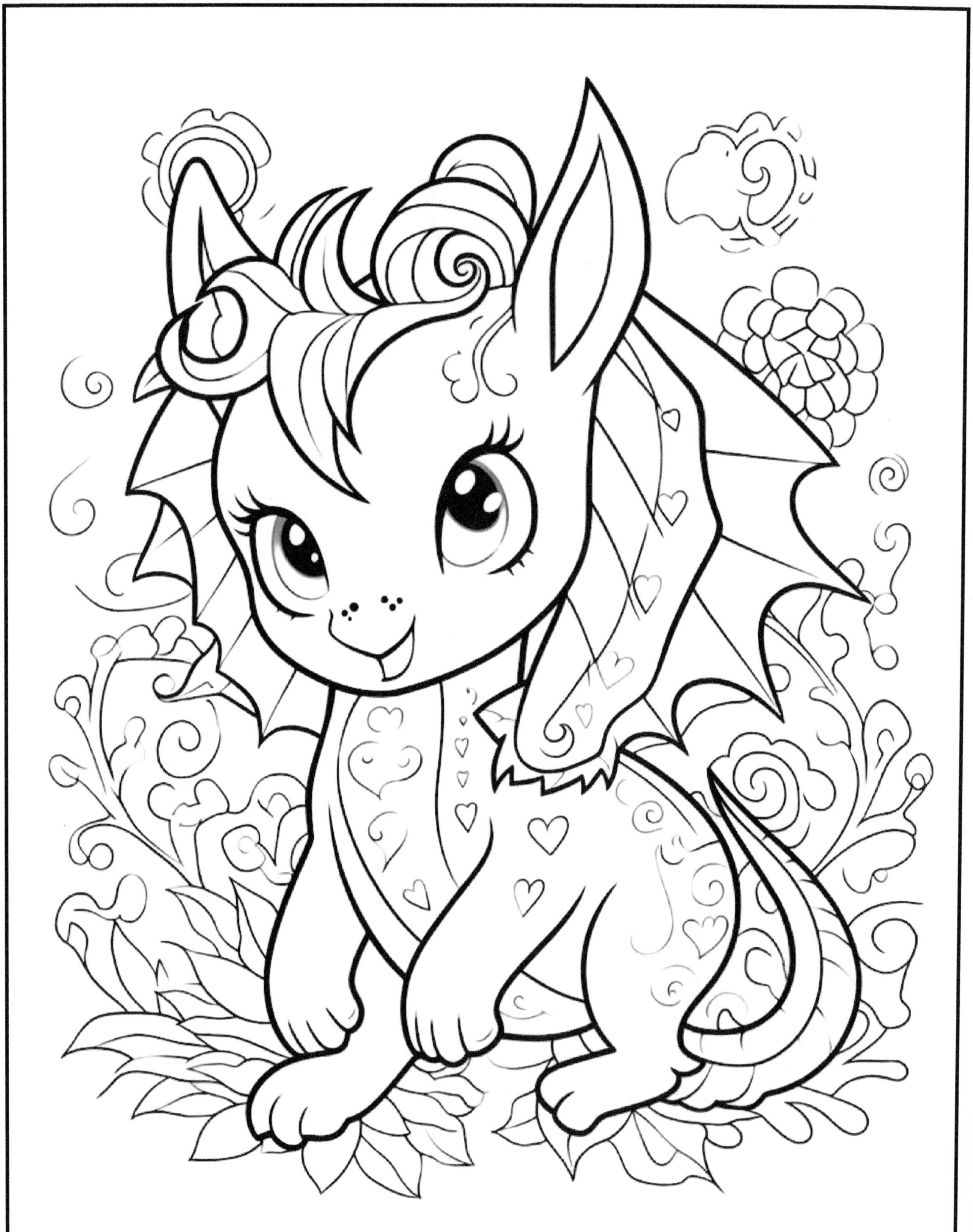

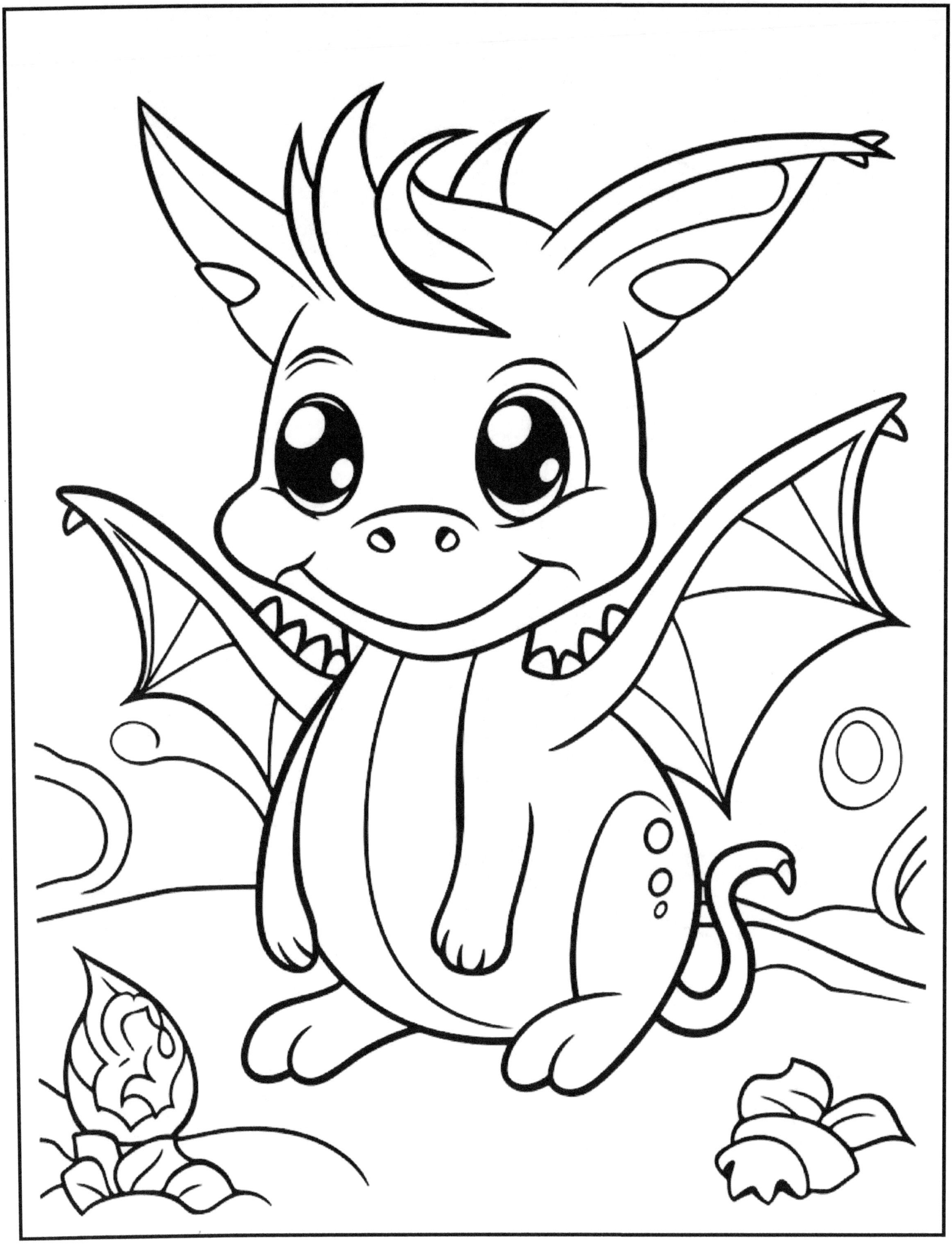

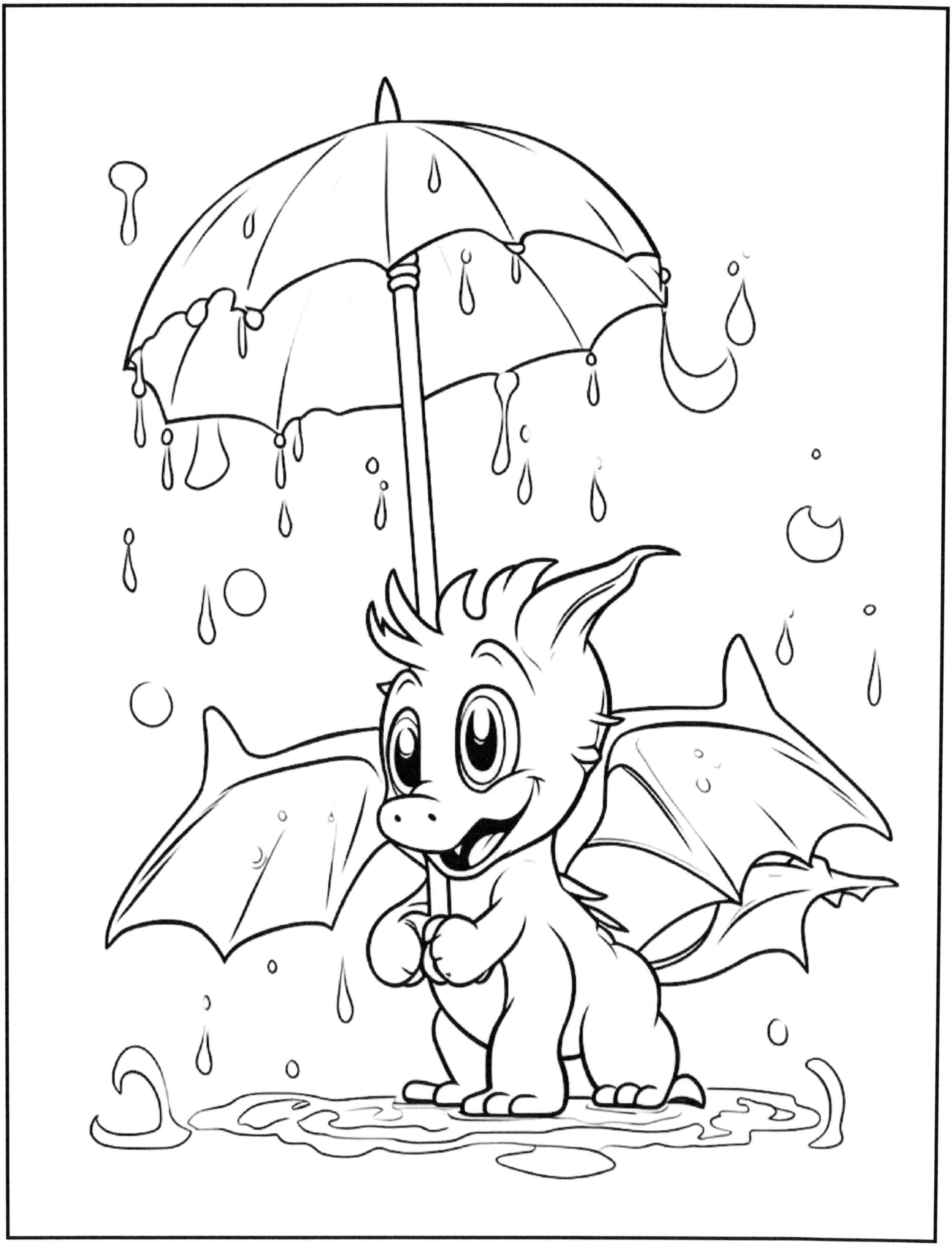

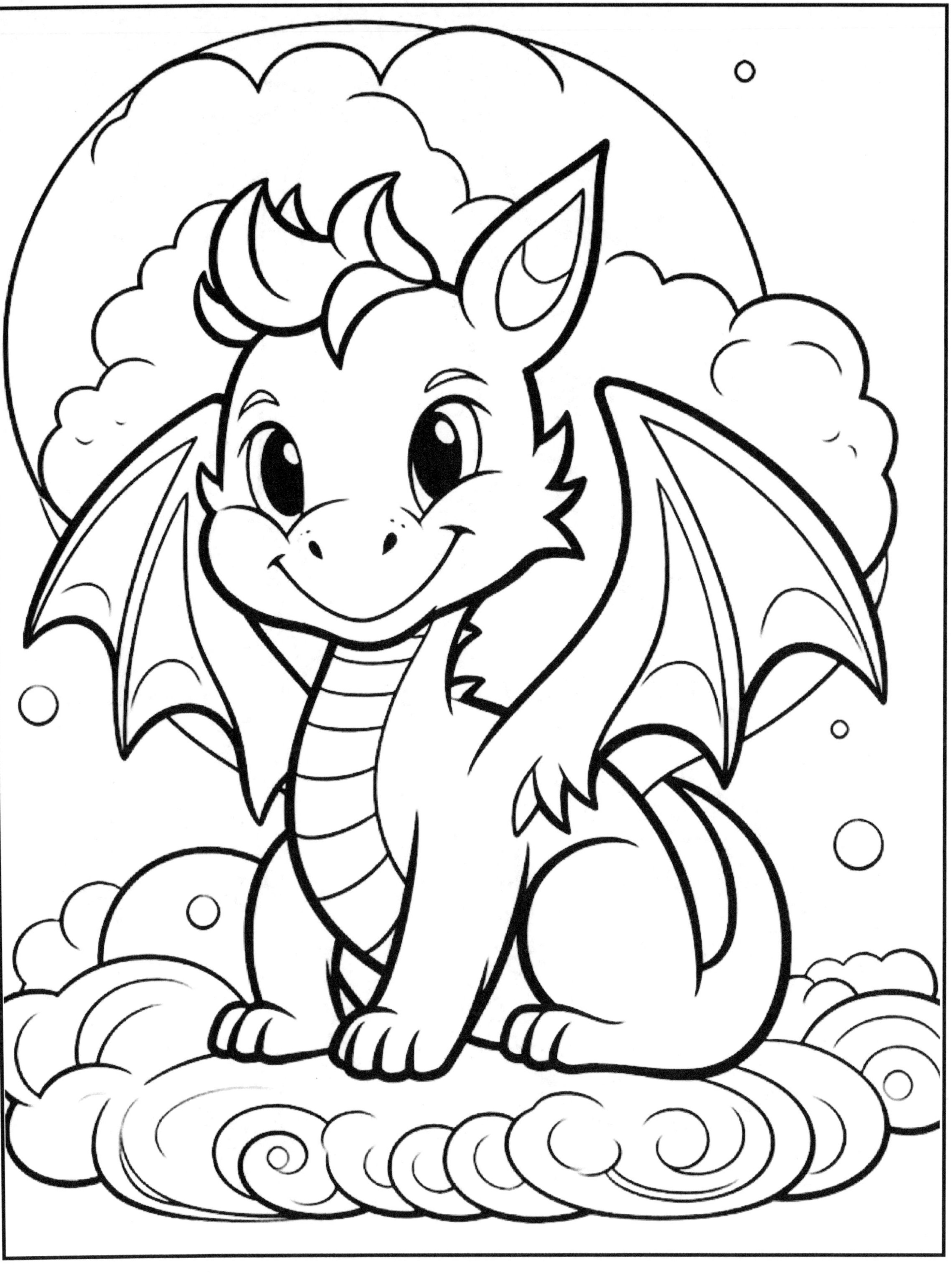

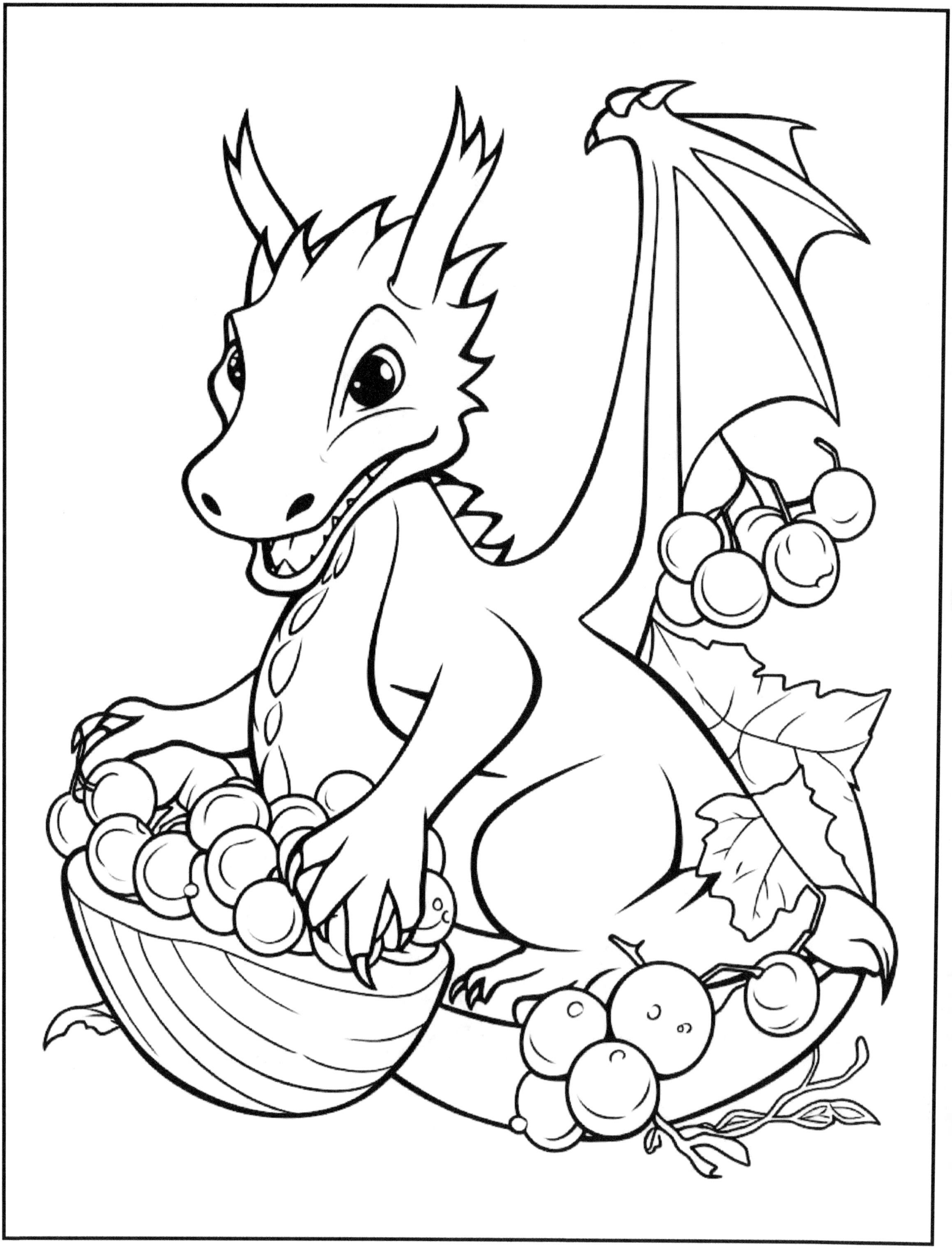

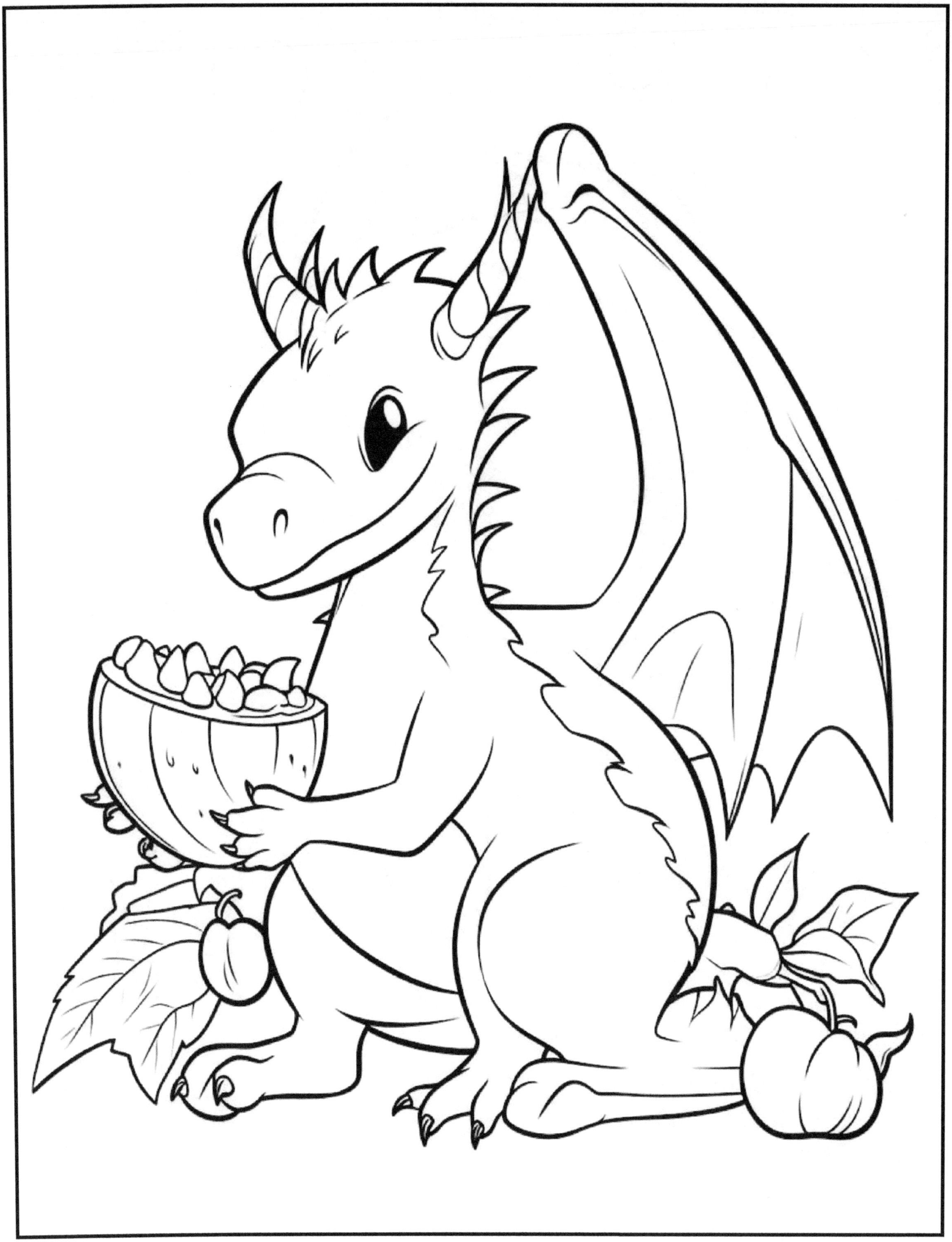

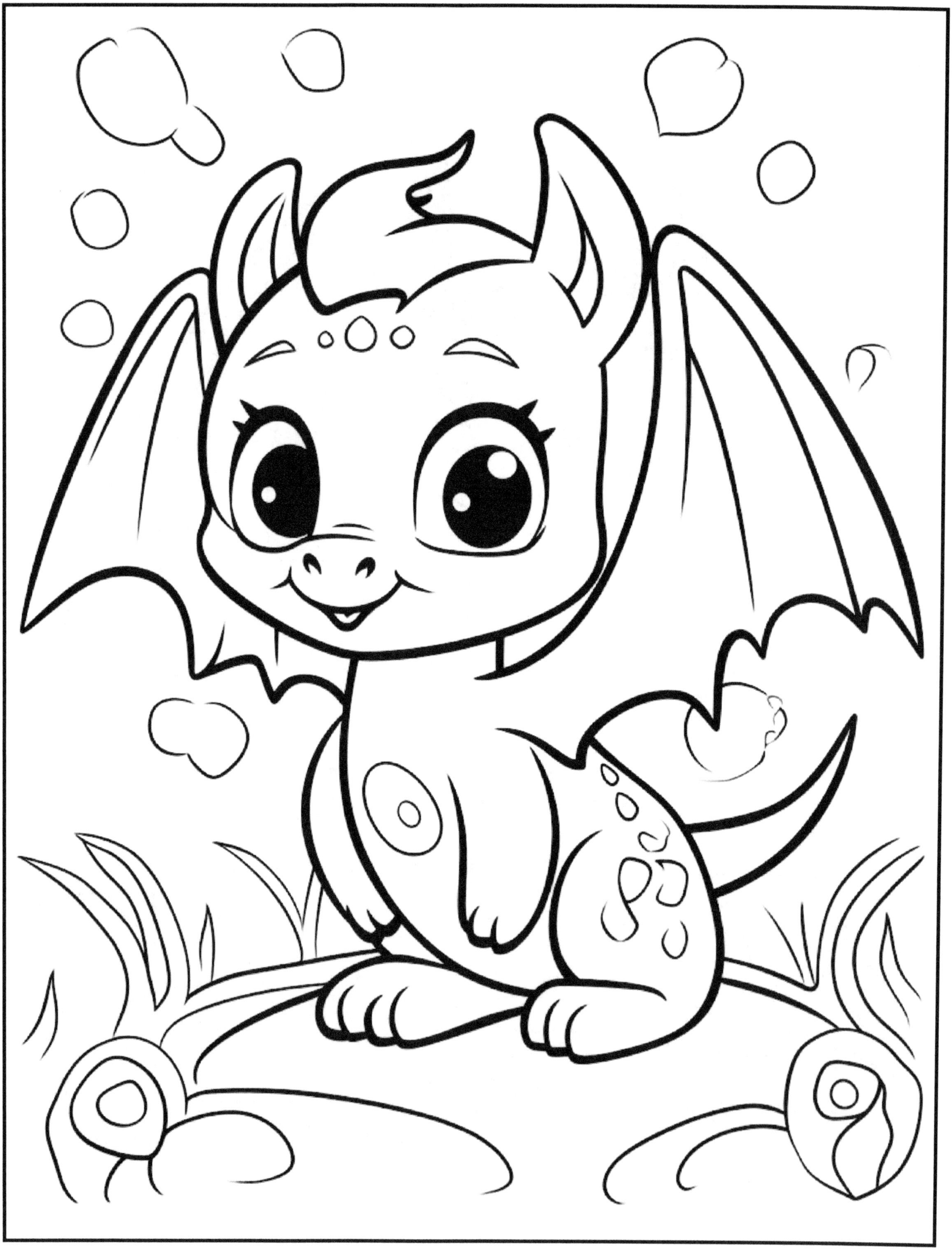

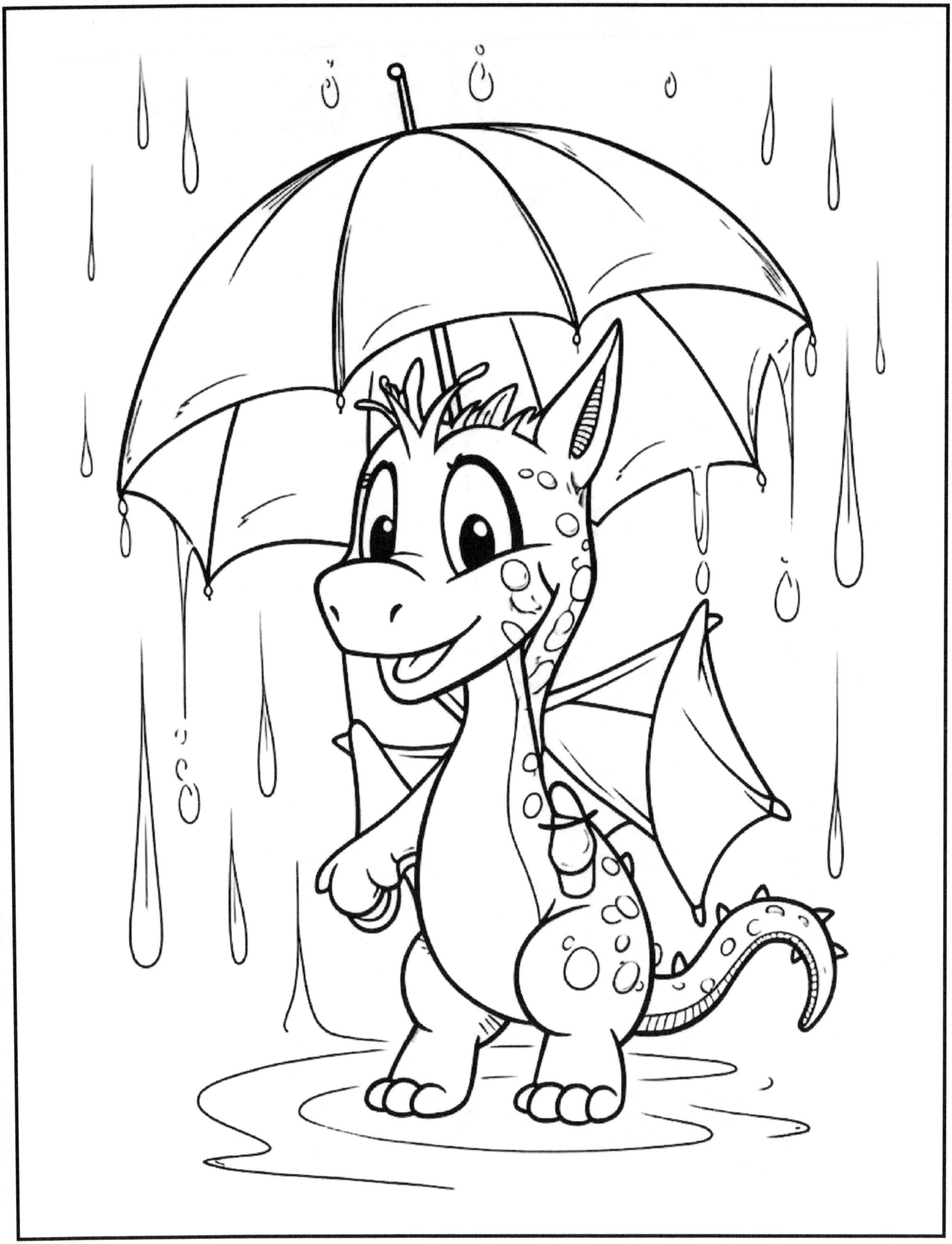

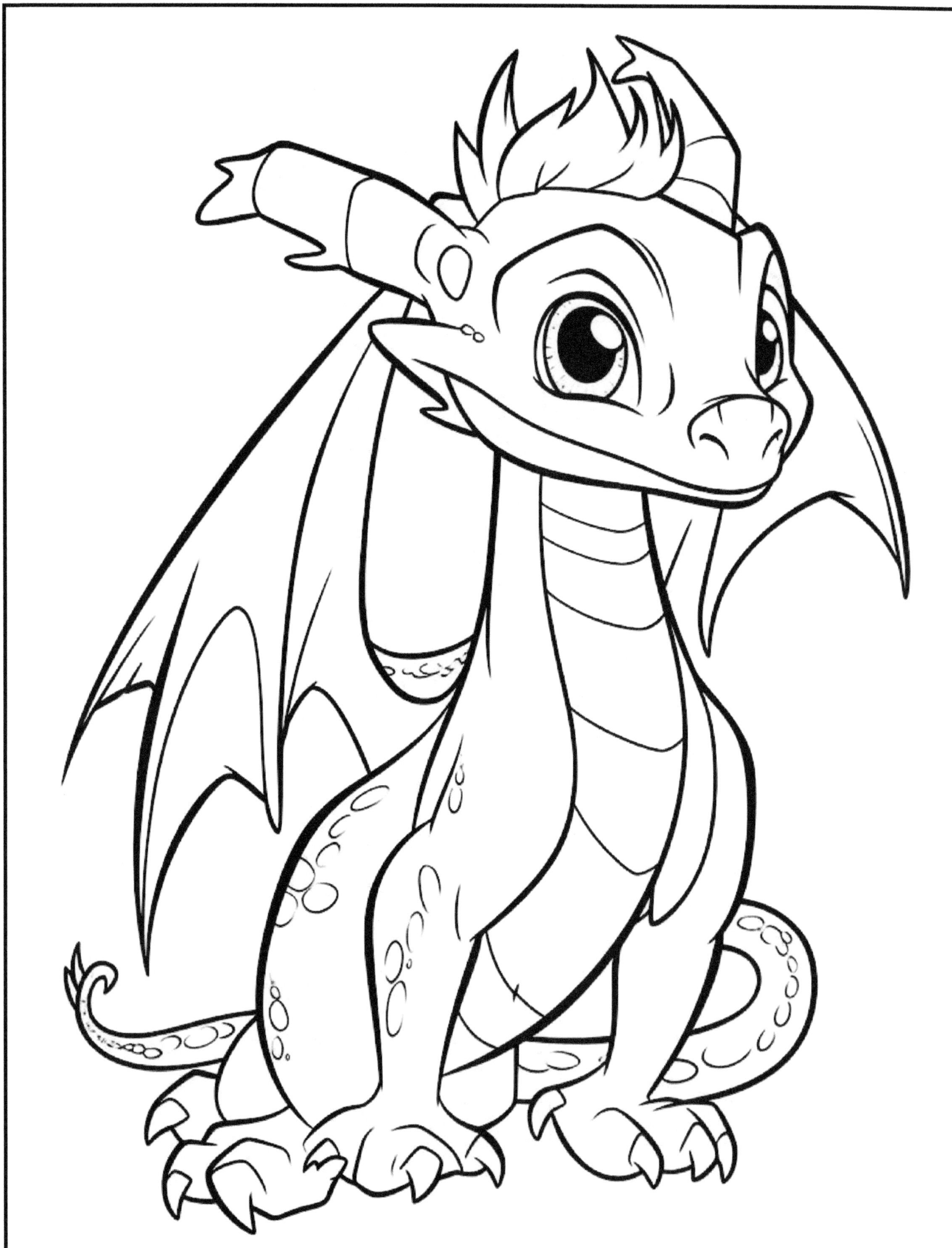

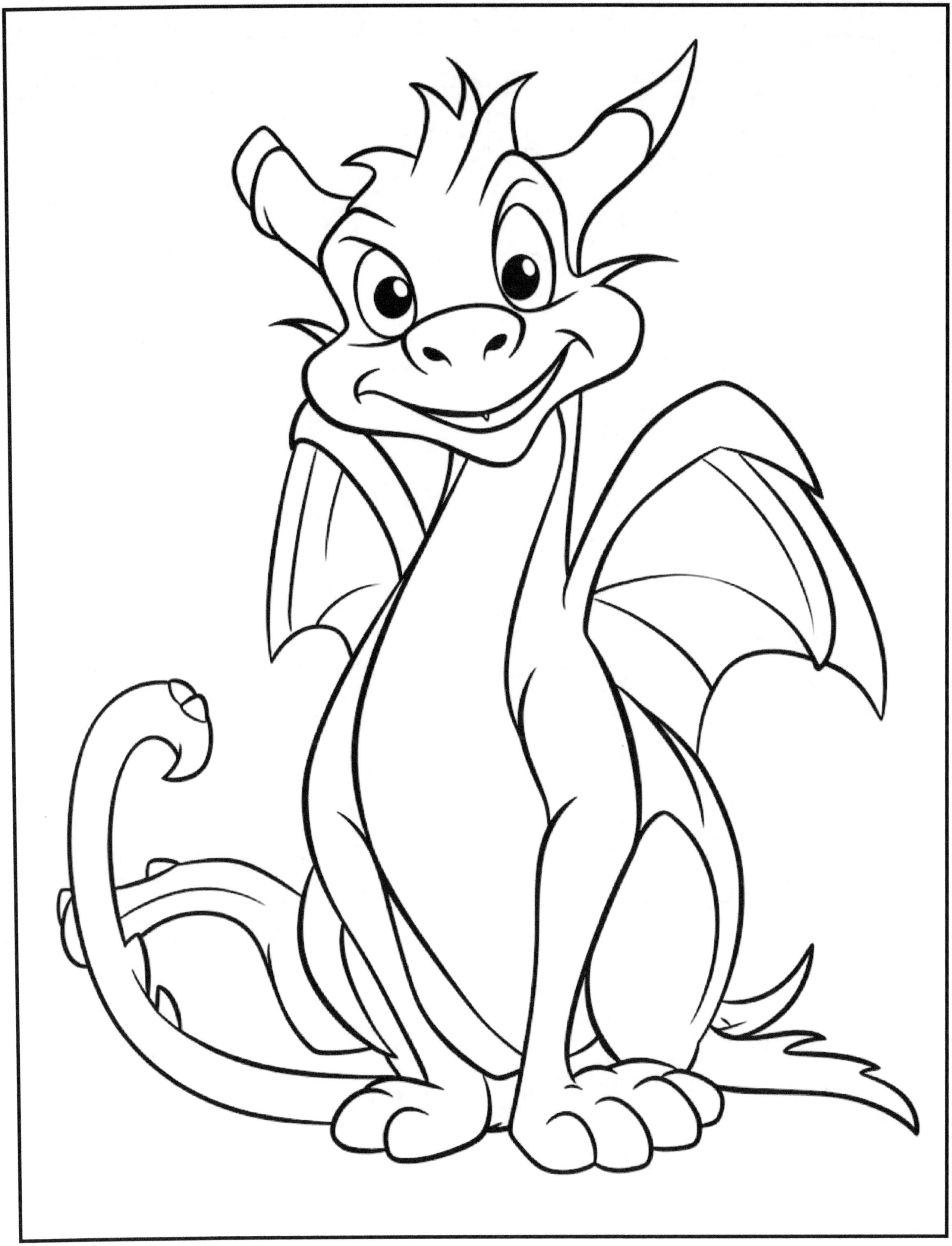

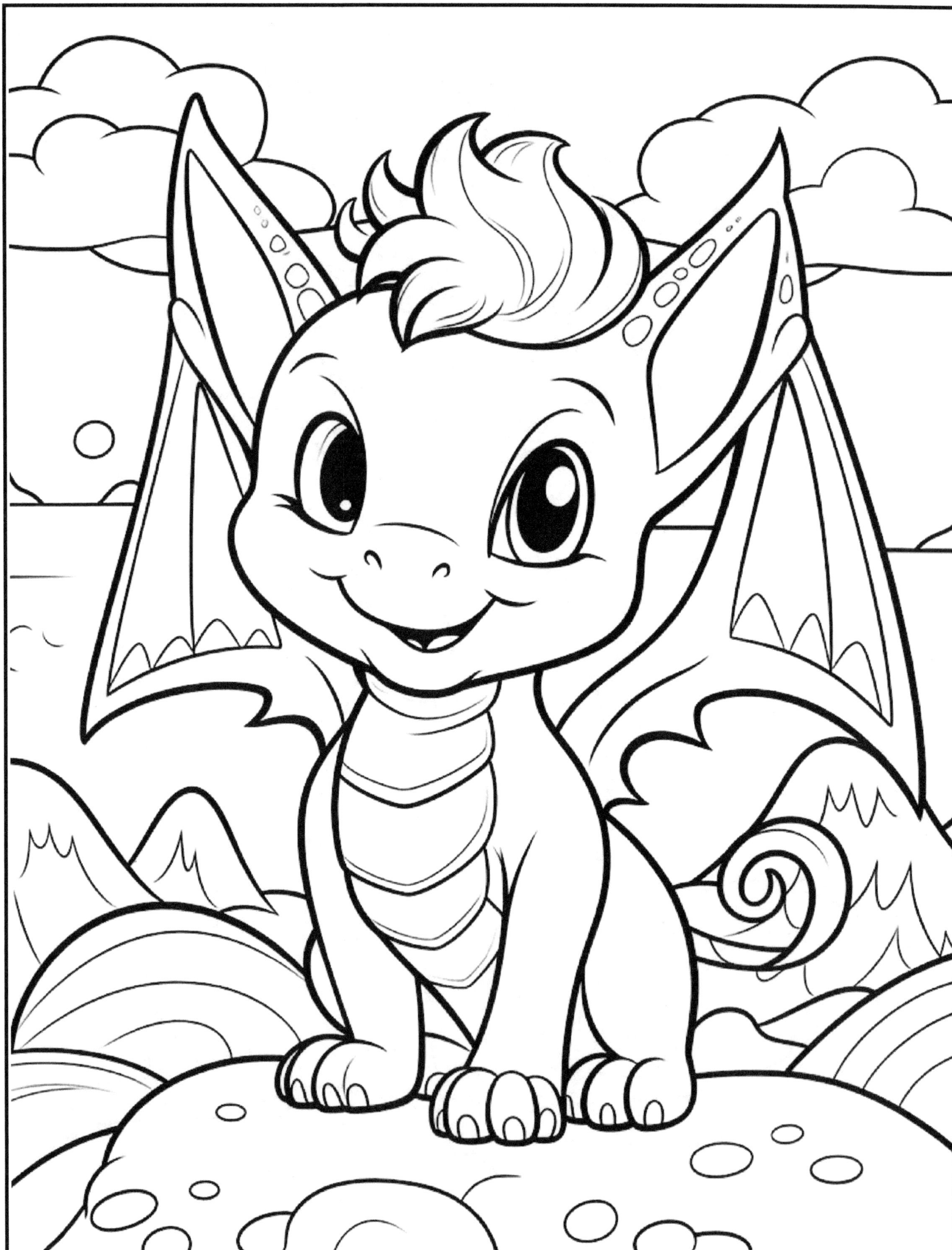

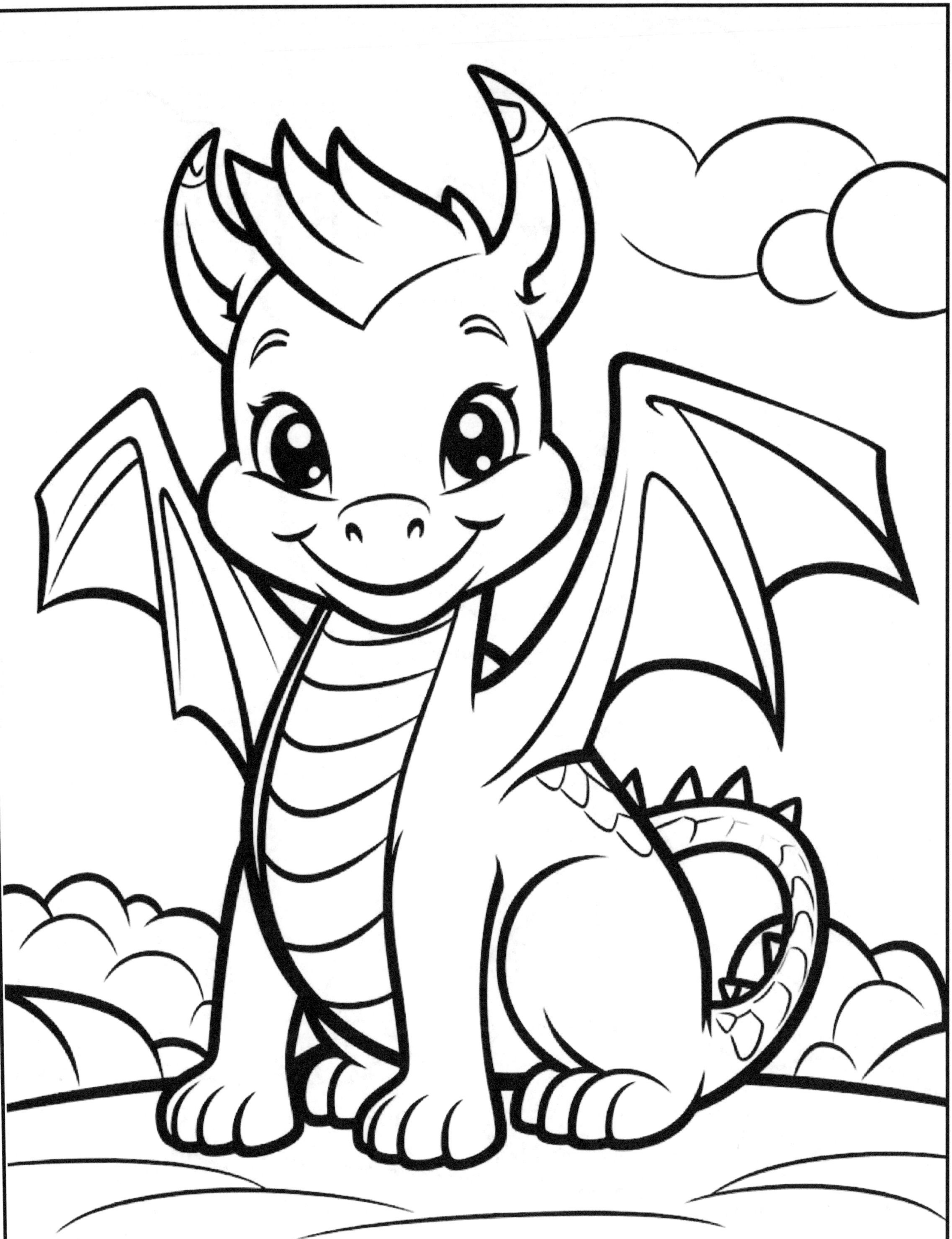

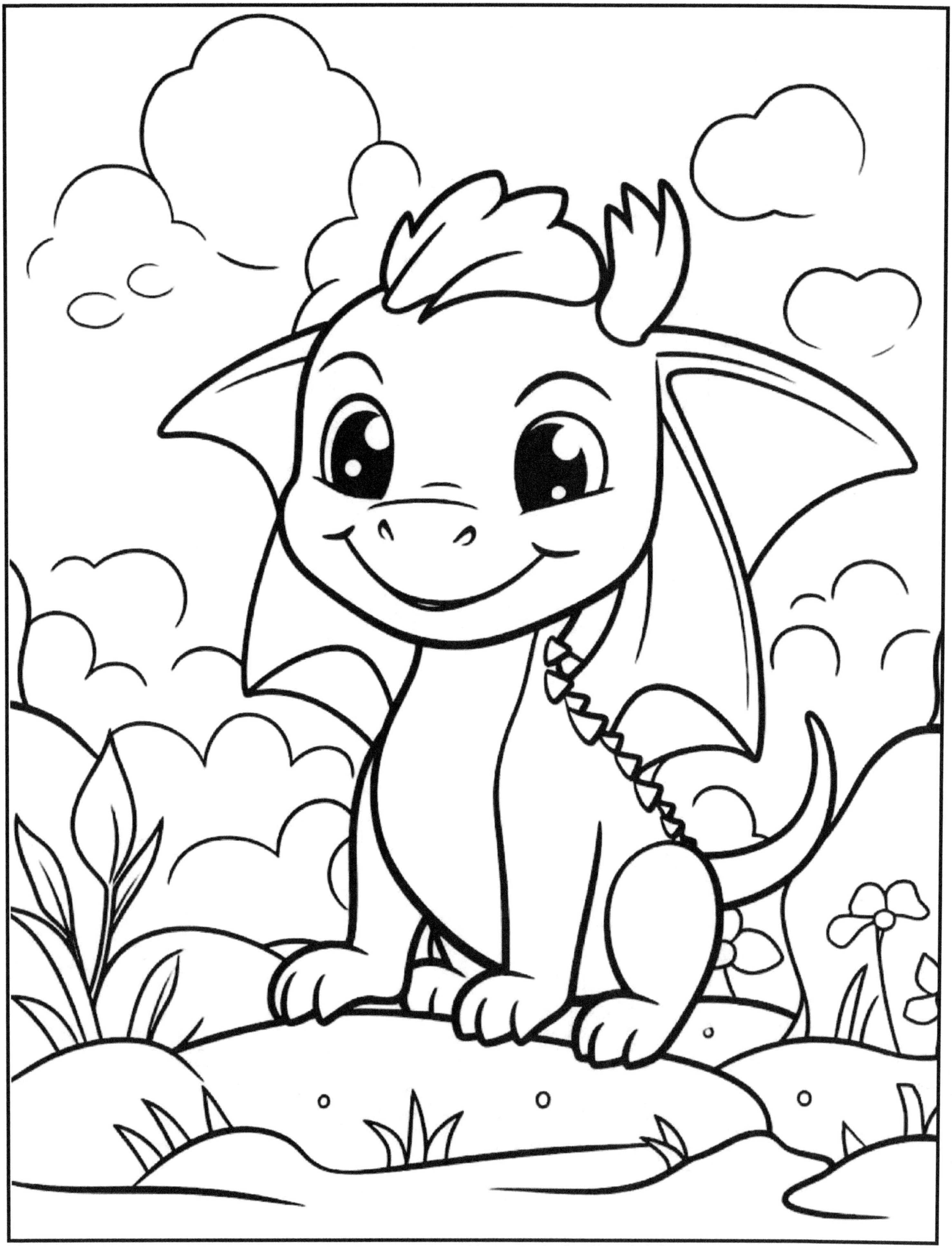

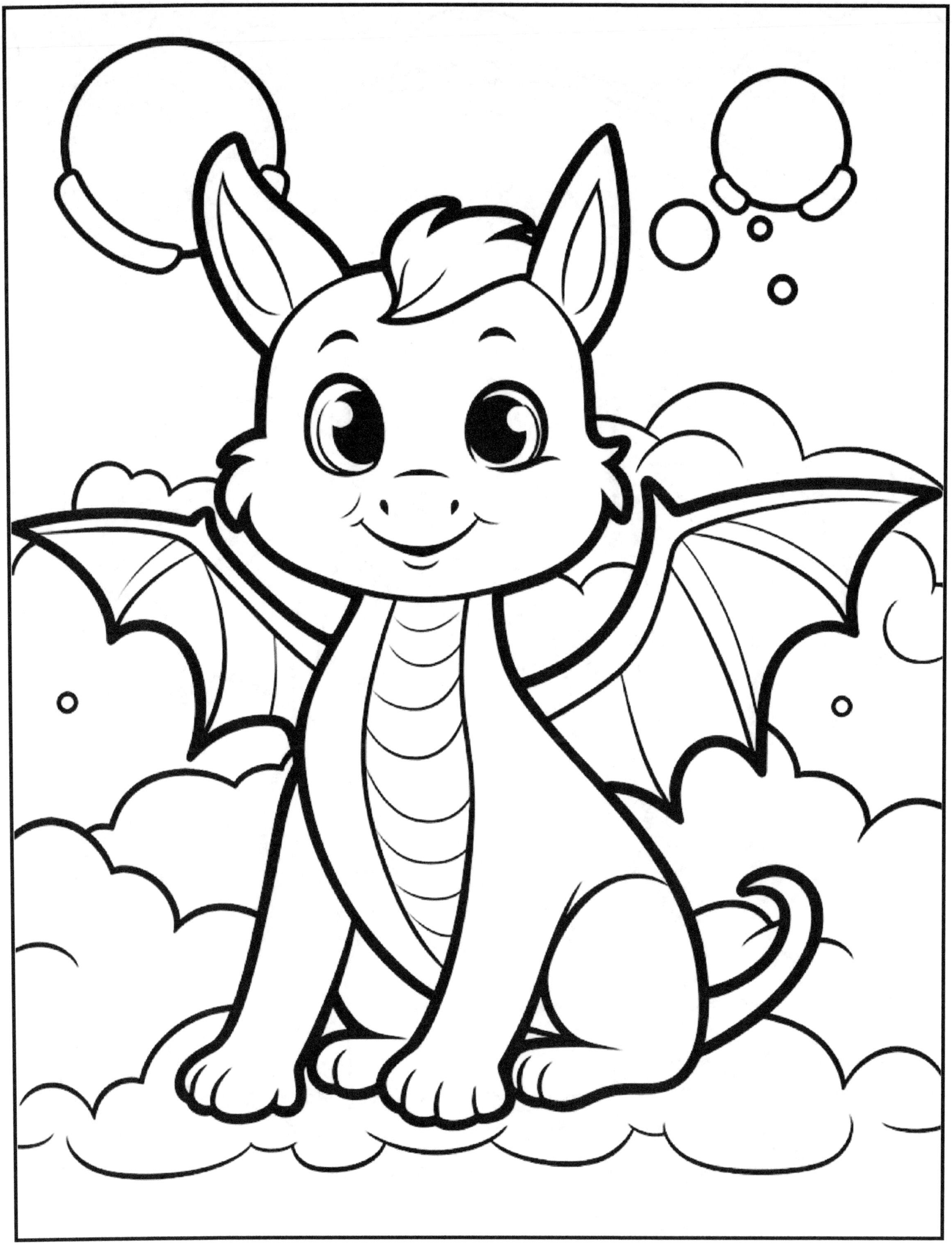

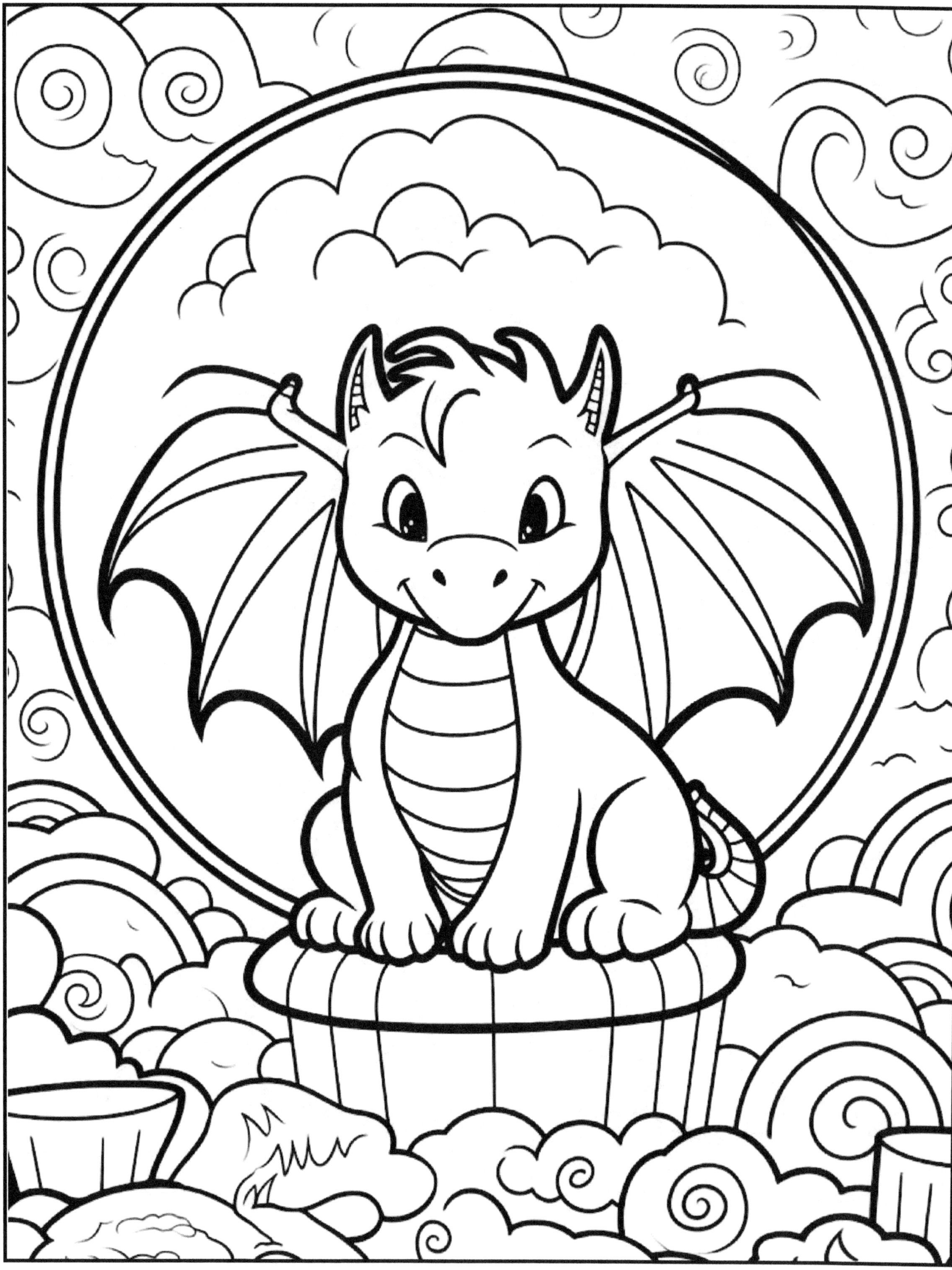

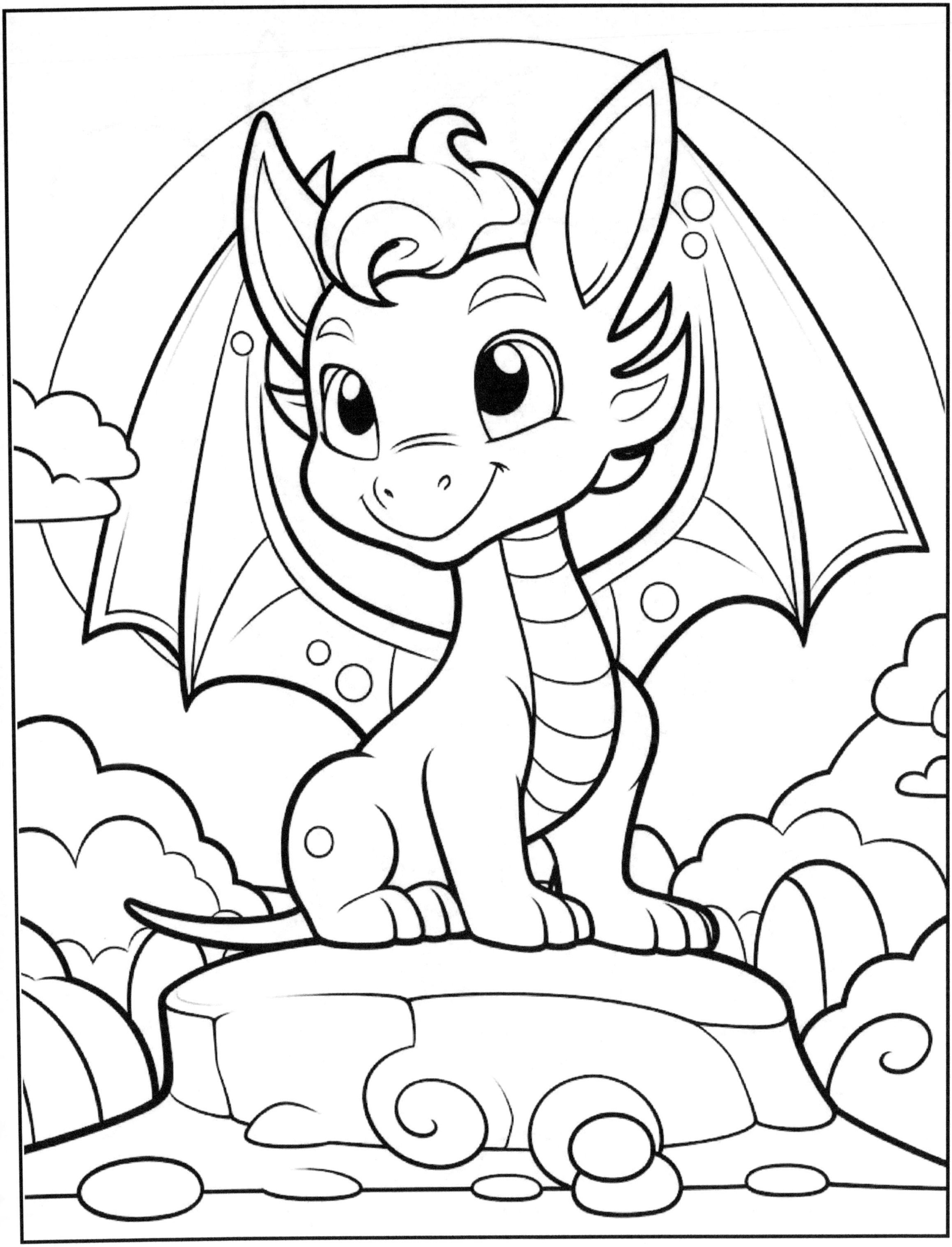

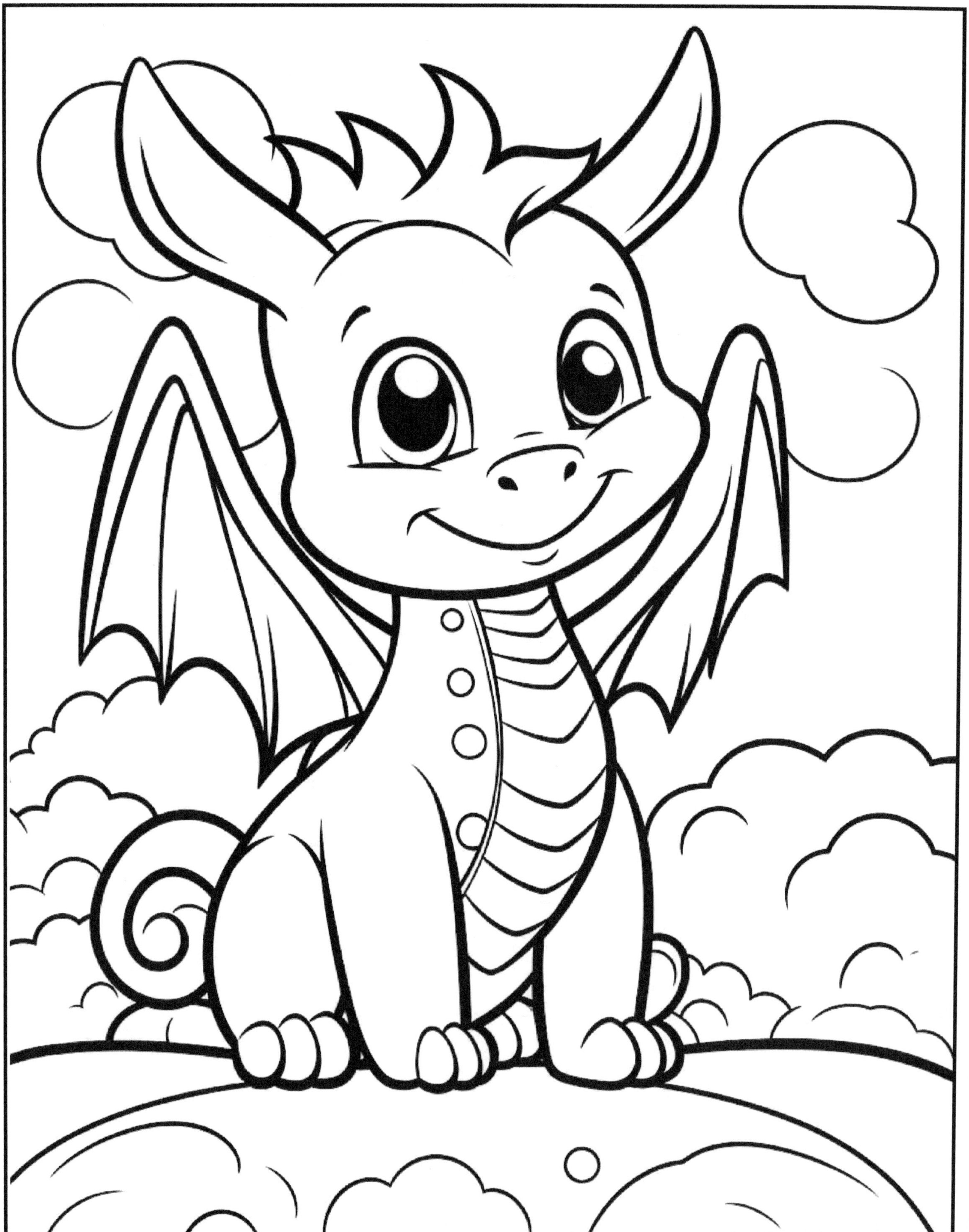

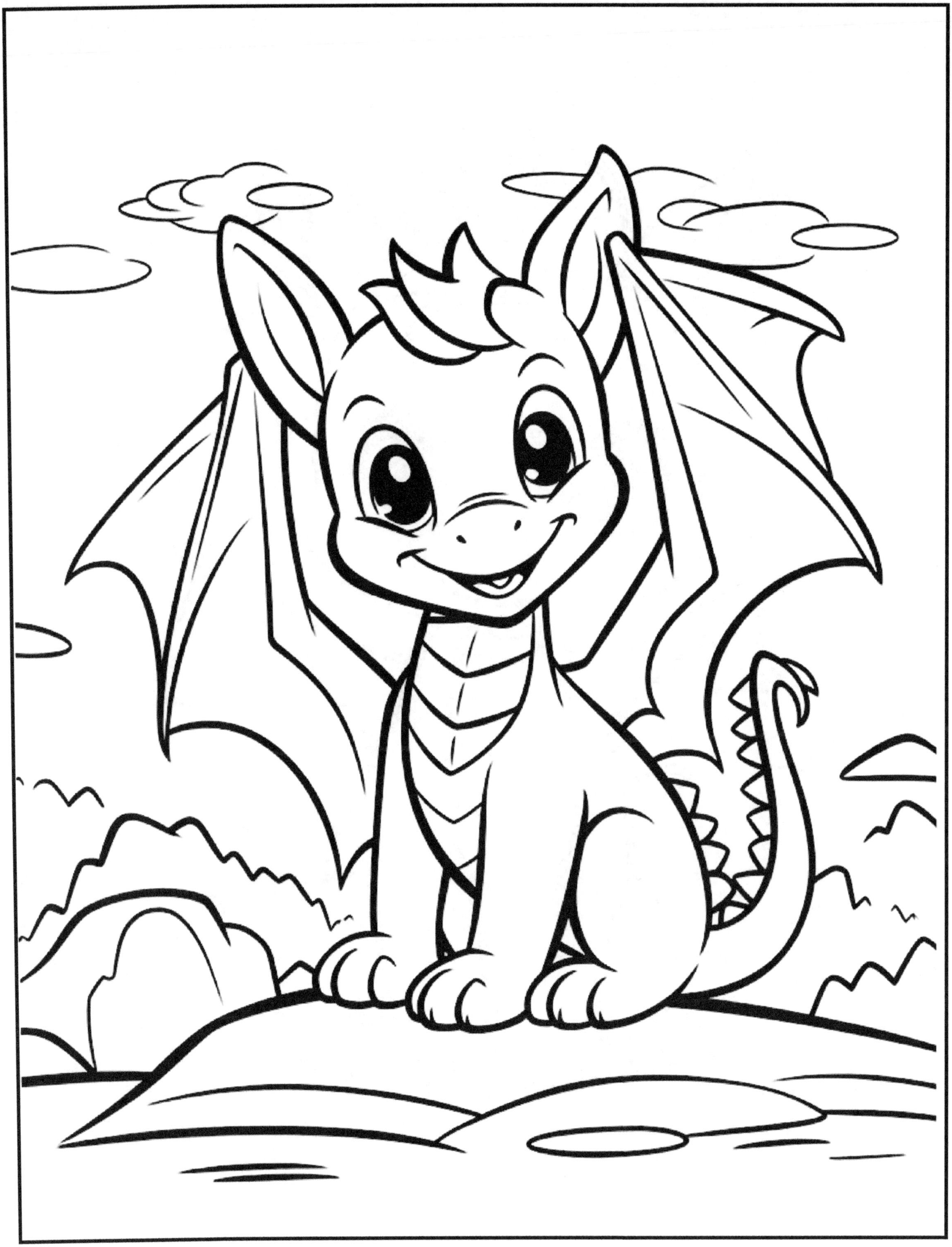

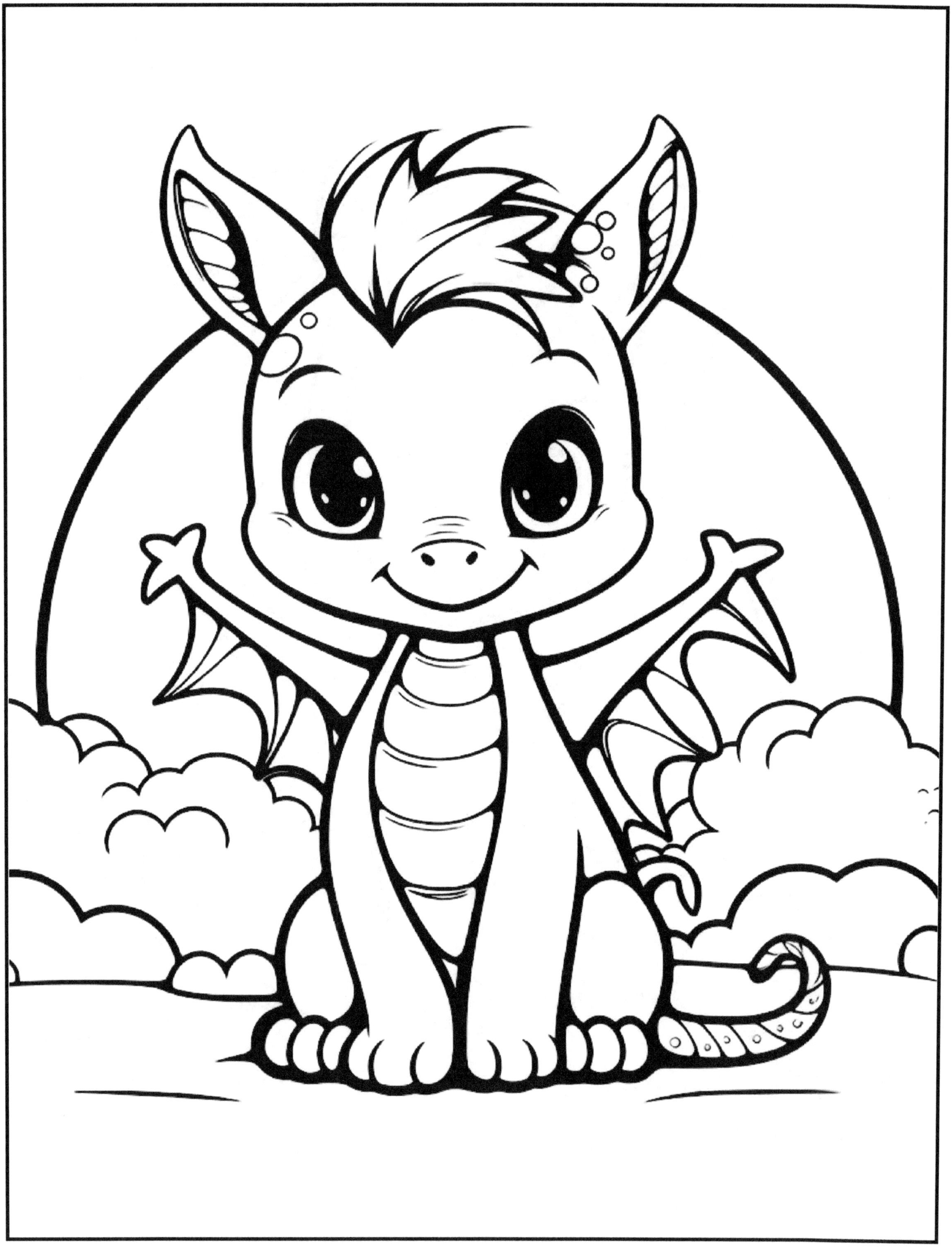

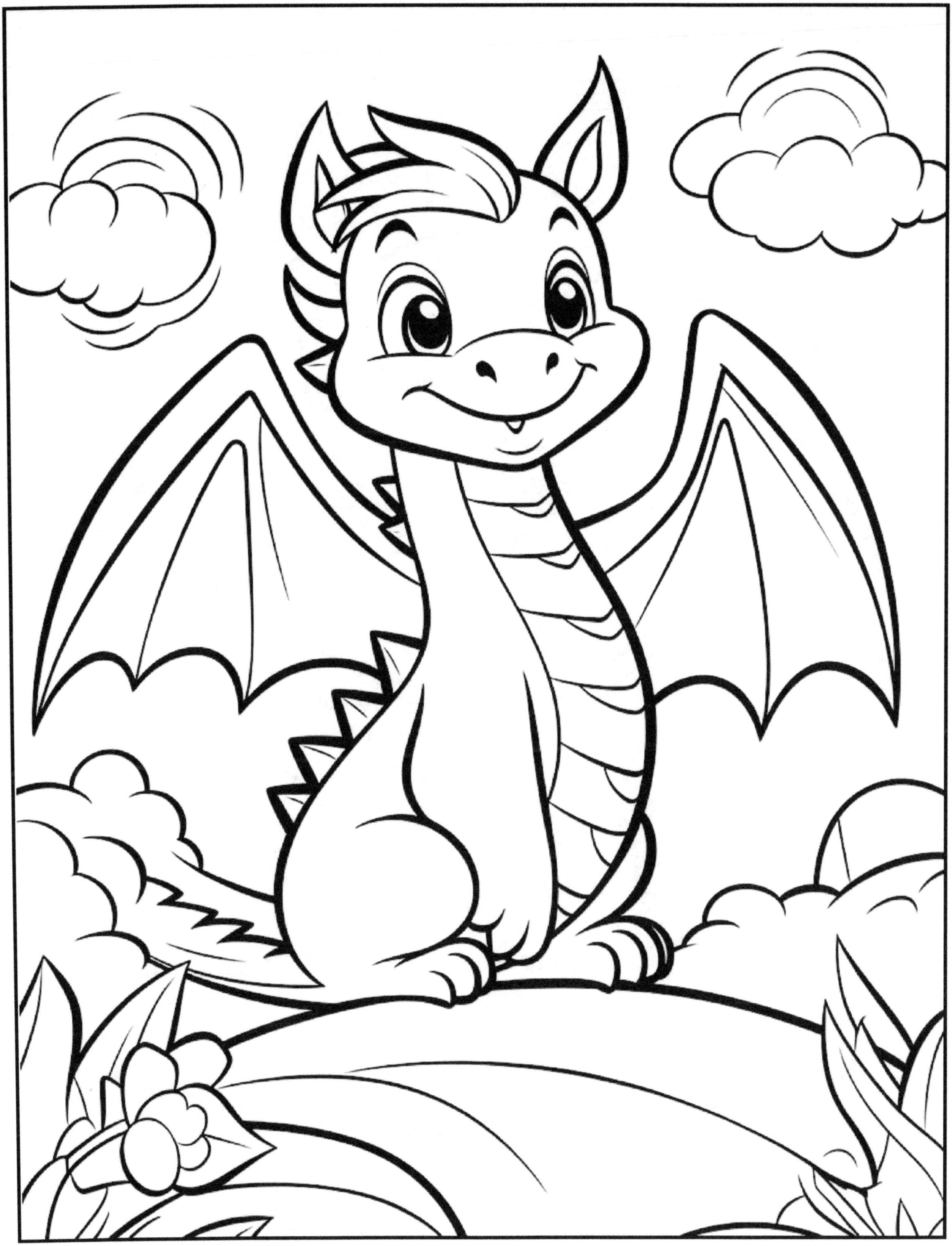

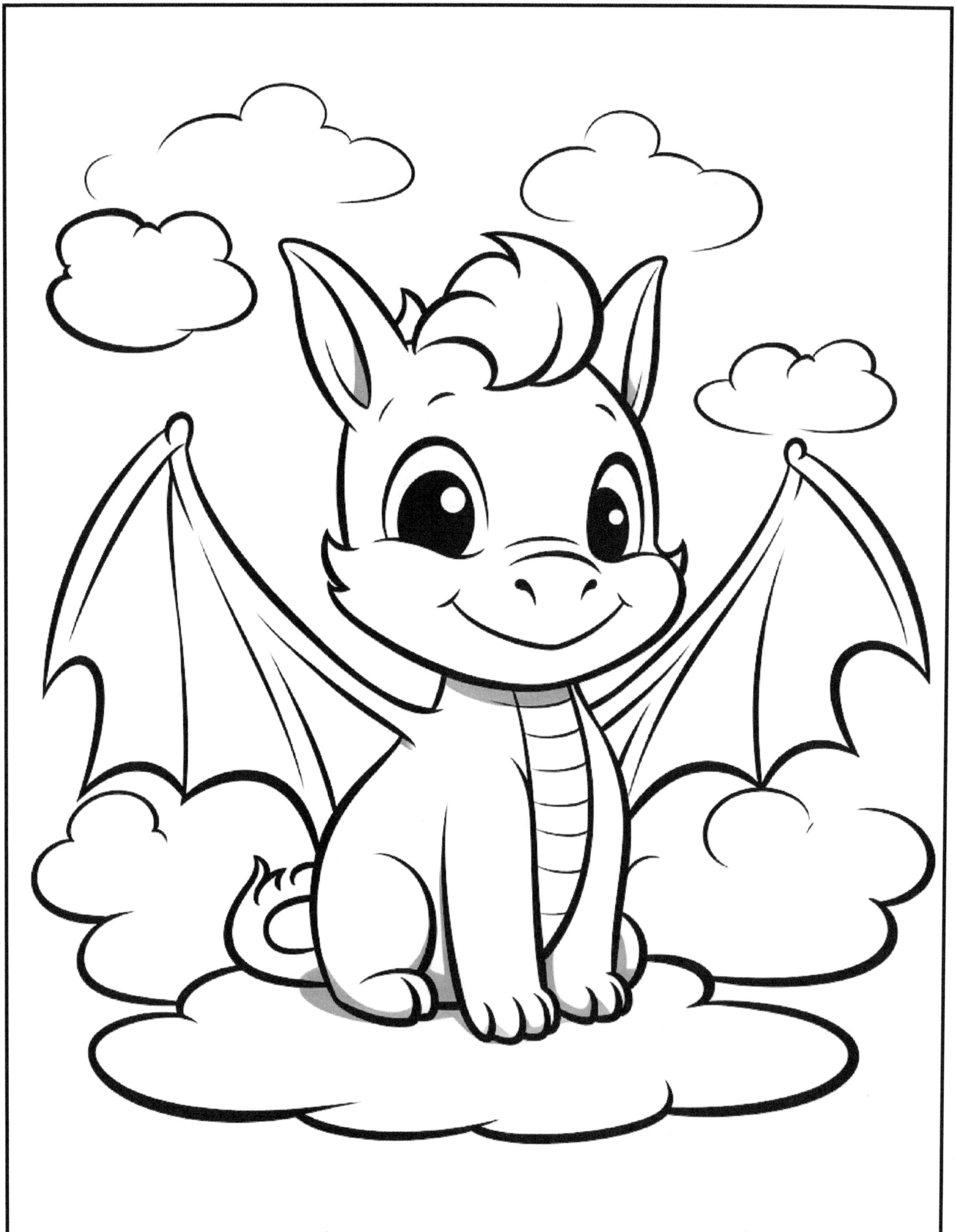

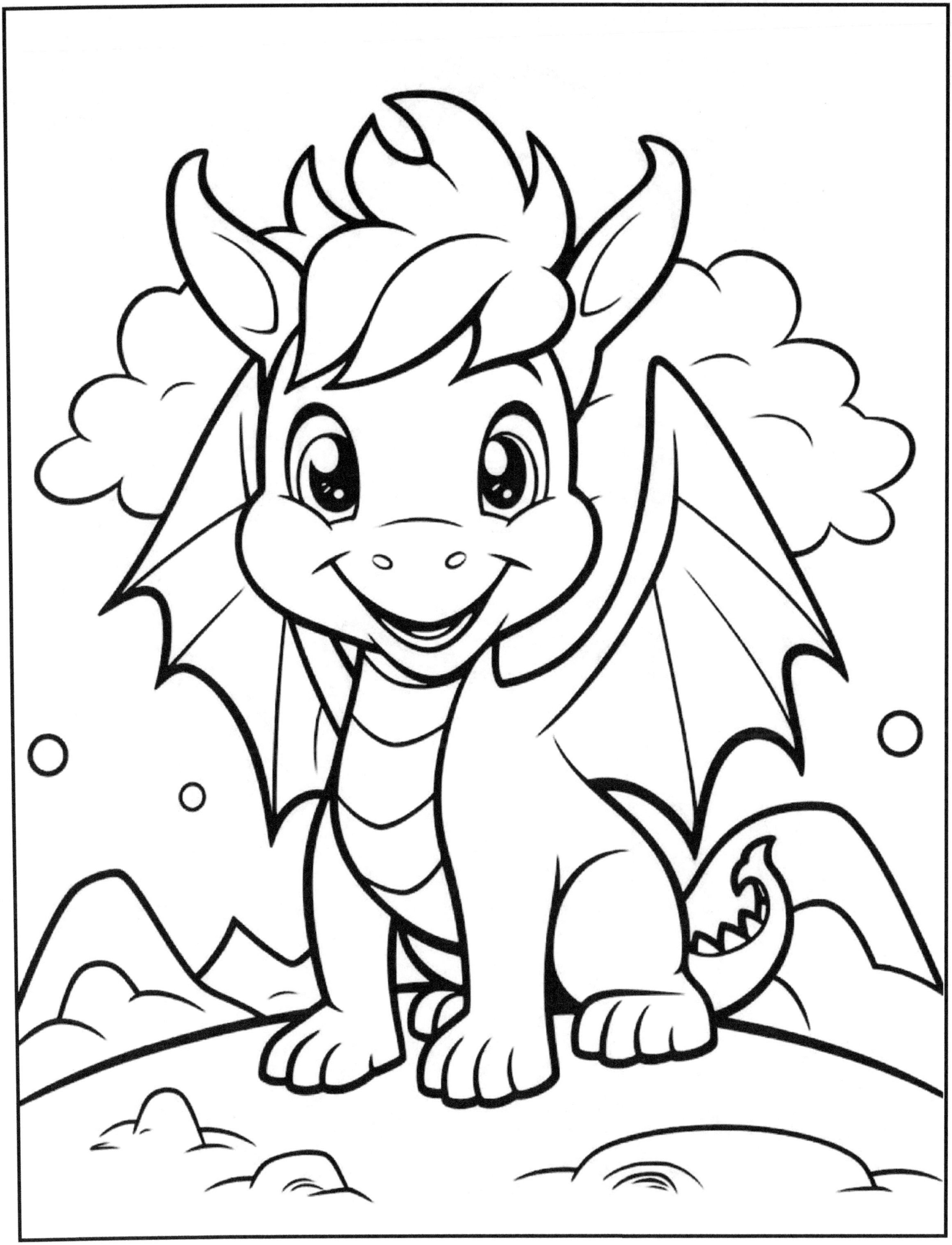

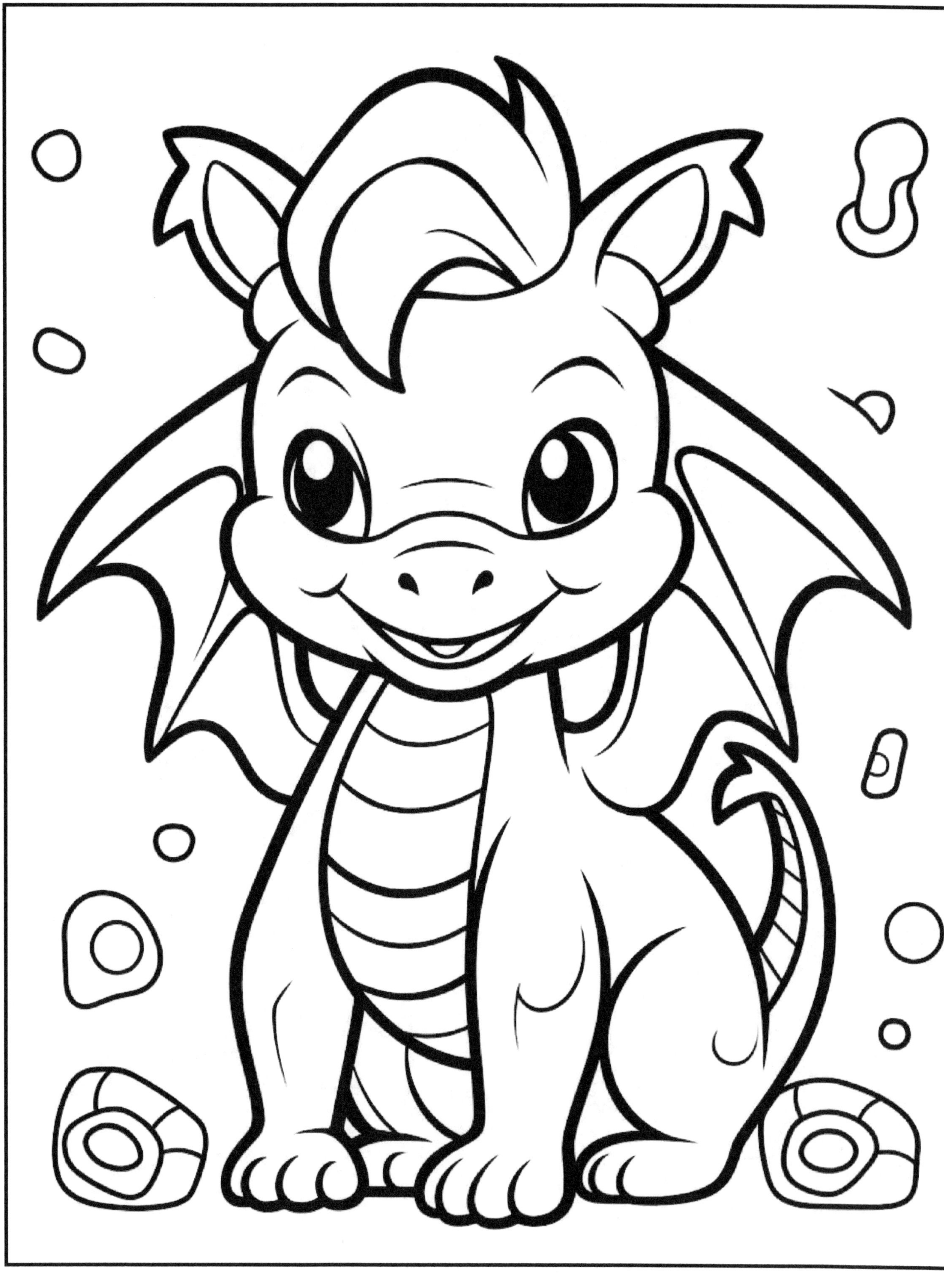

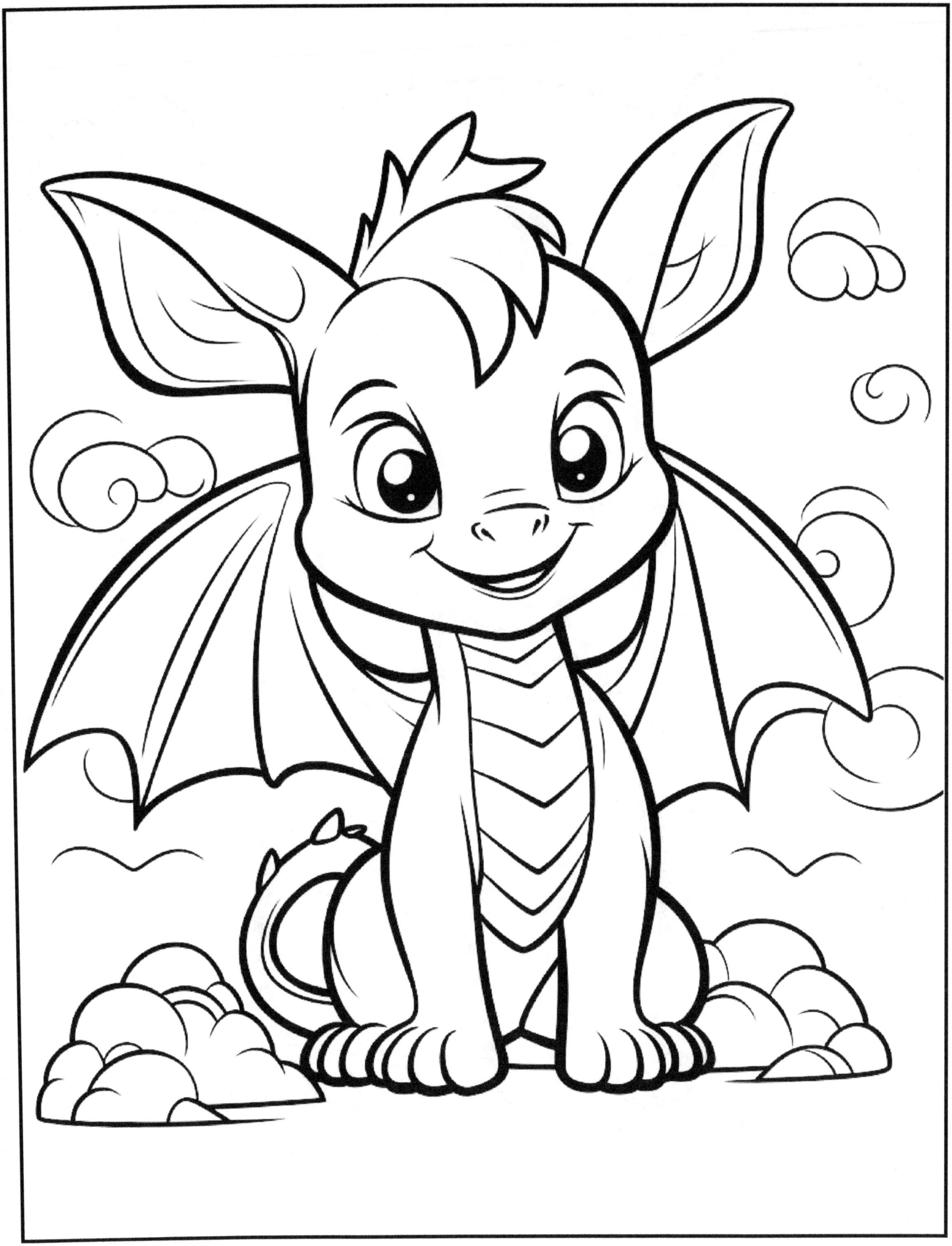

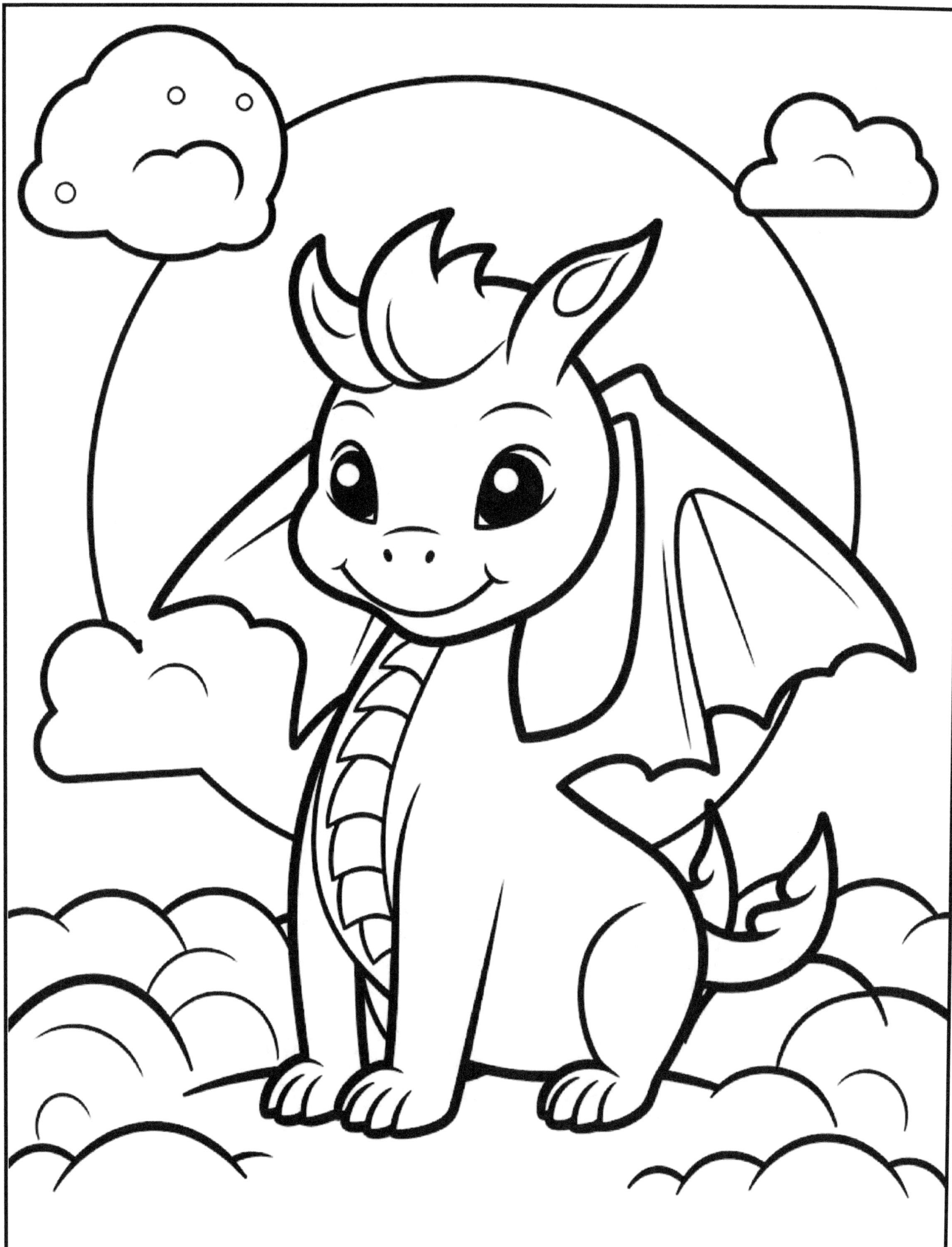

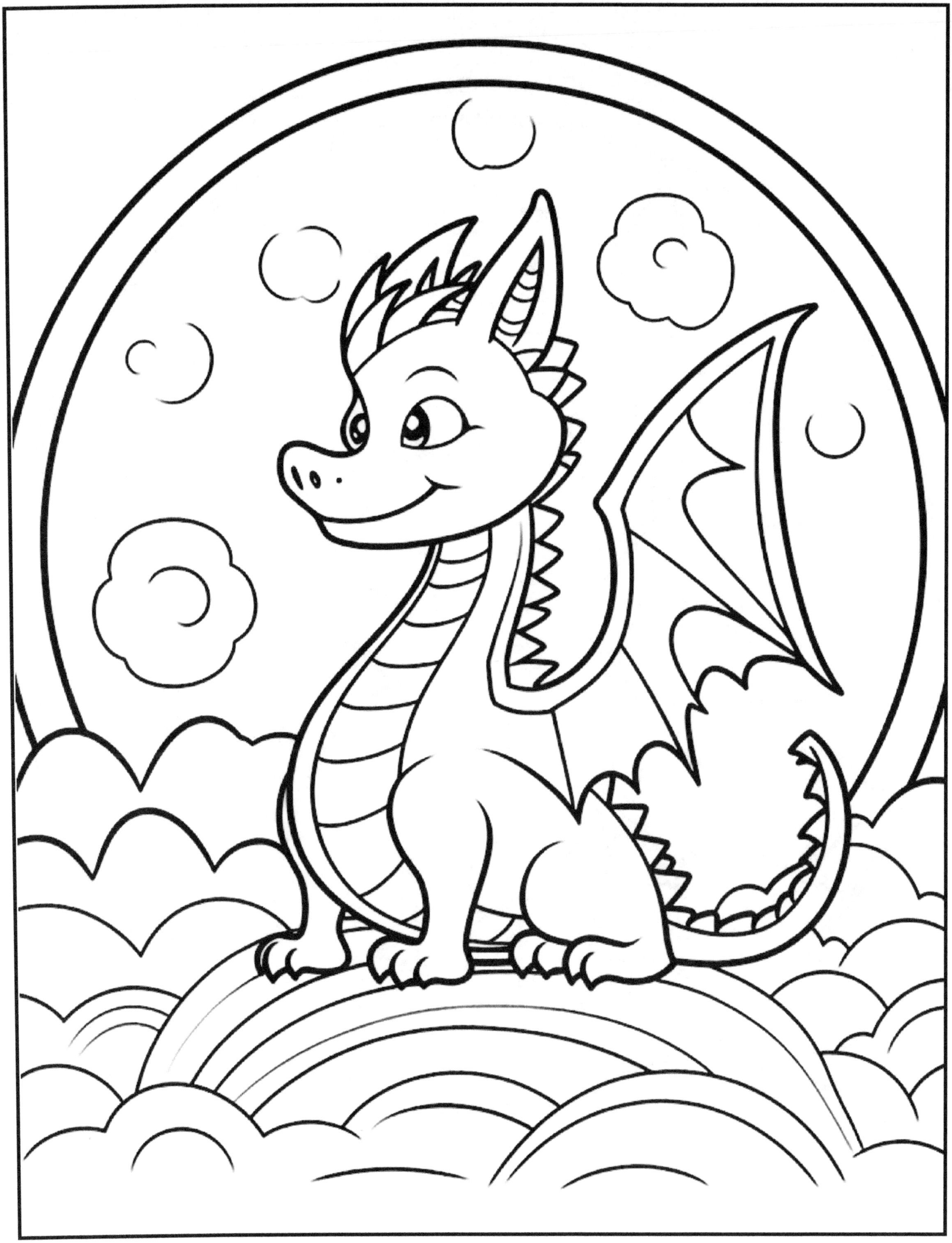

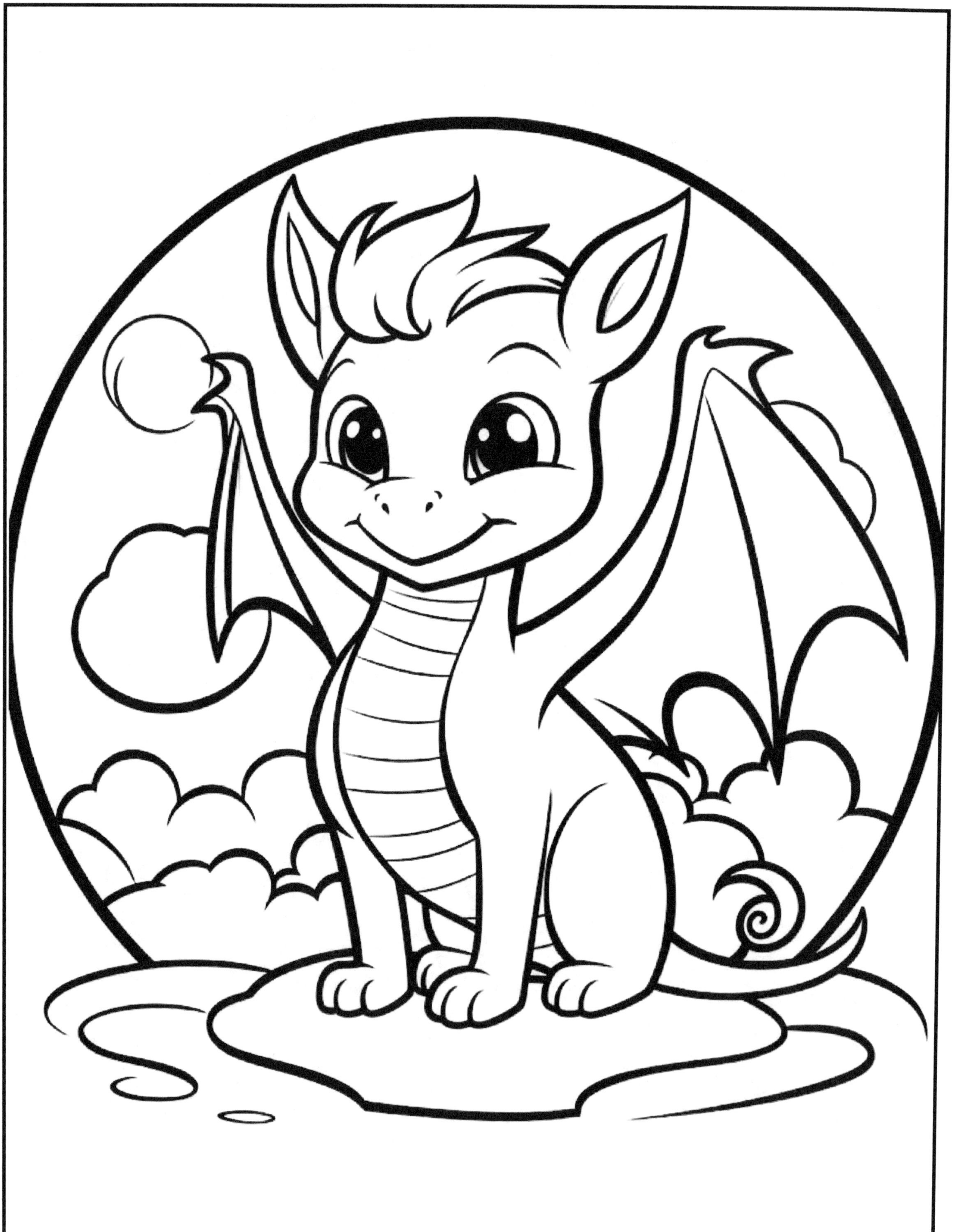

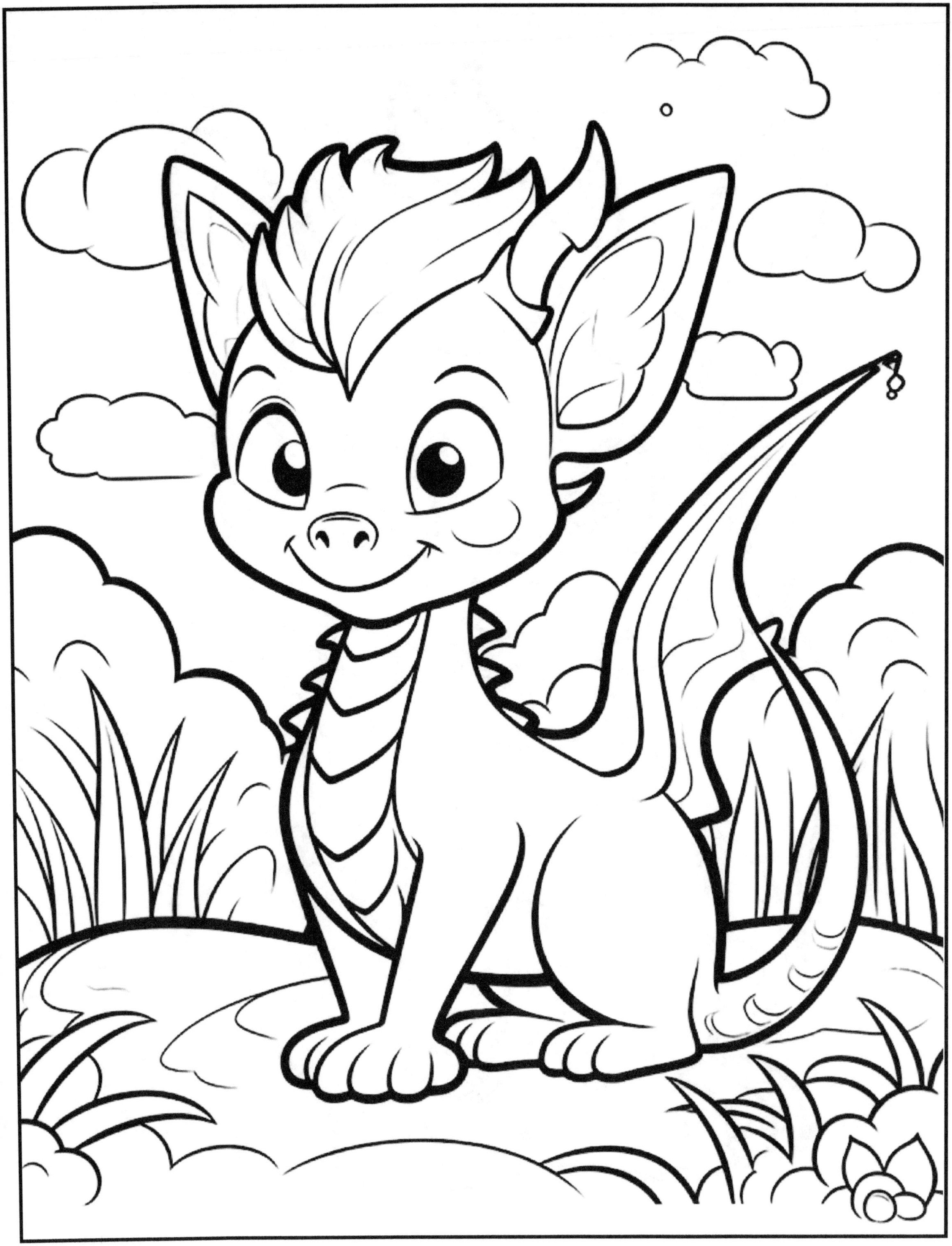

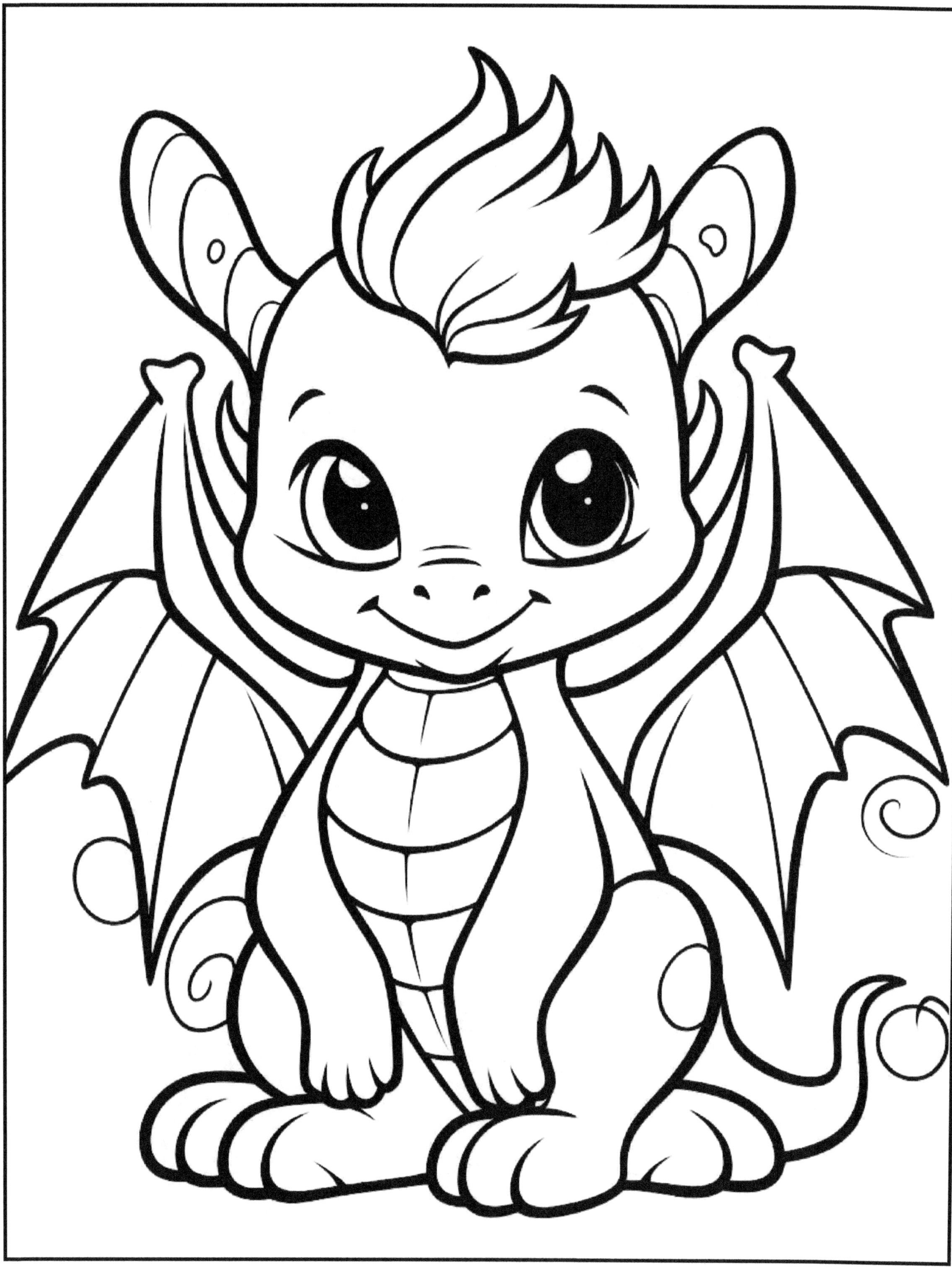

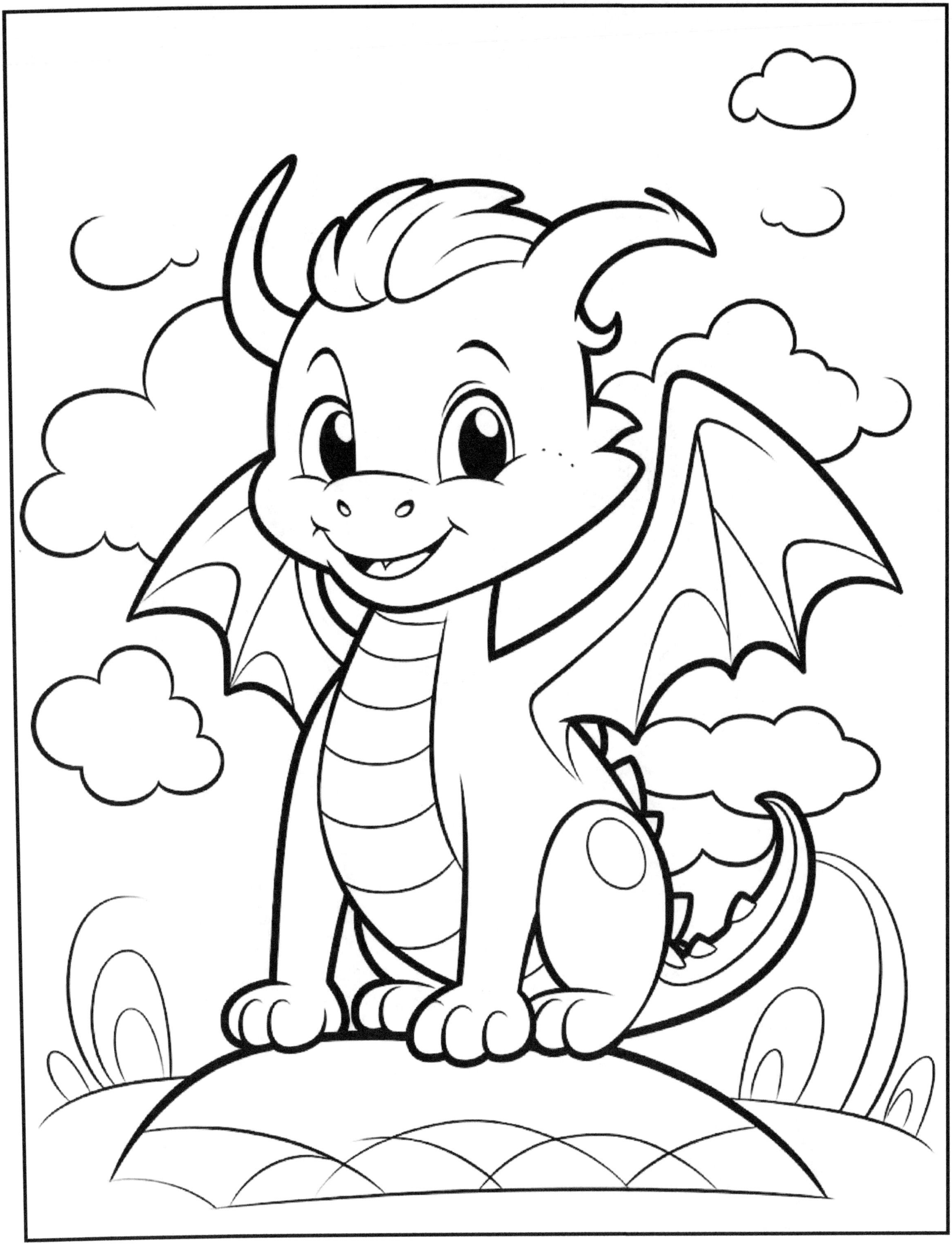

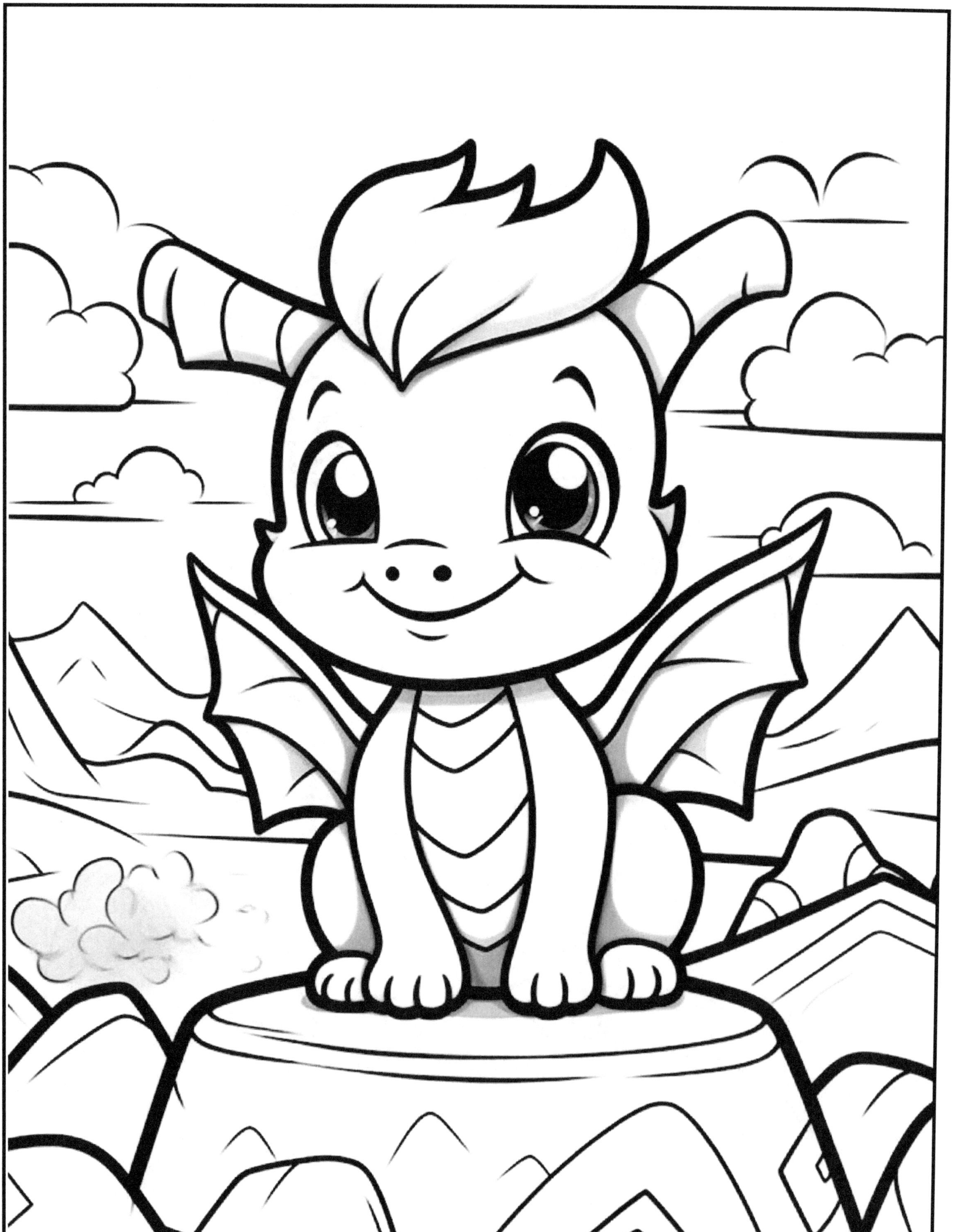

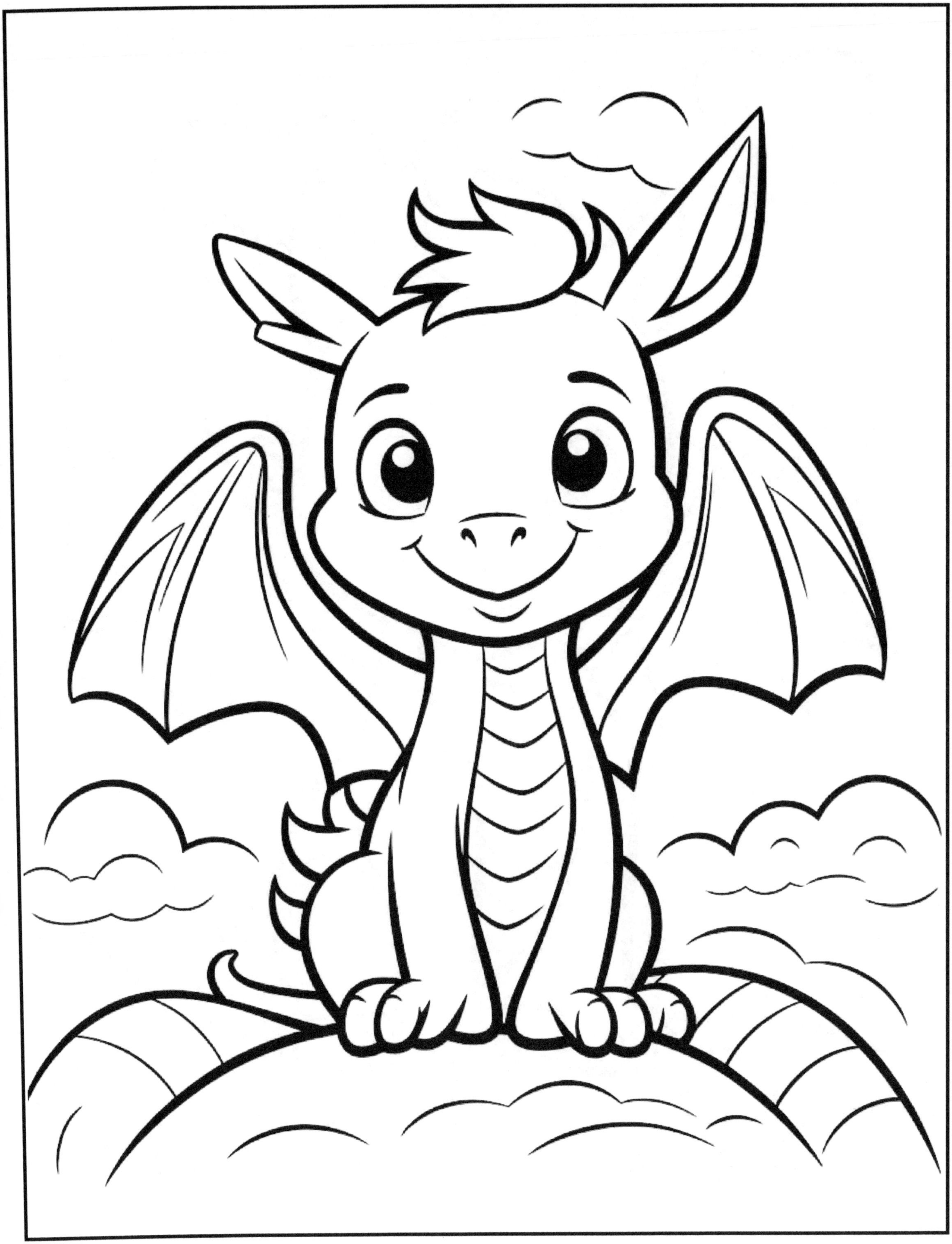

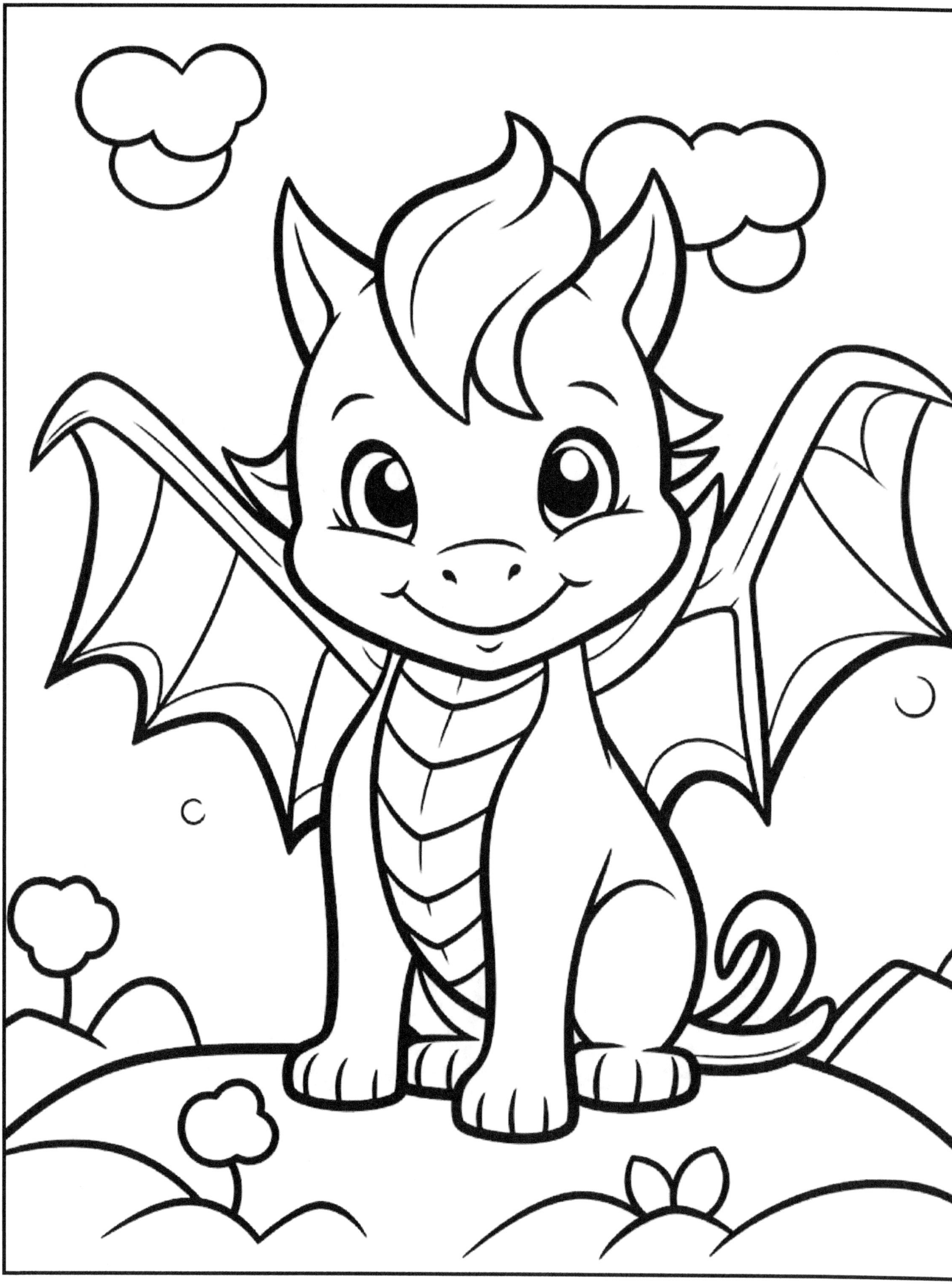

Printed in France by Amazon
Brétigny-sur-Orge, FR

23945069R00065